I0608523

VAMPIROS EN EL ESPEJO

MIGUEL ÁNGEL ARELLANO

VAMPIROS EN EL ESPEJO

deauno.com

© 2006, Miguel Ángel Arellano
© 2006, Deauno.com (de ELALEPH.COM S.R.L.)

contacto@elaleph.com

Primera edición

ISBN 950-9036-31-5

Hecho el depósito que marca la Ley 11.723

A mi Madre, Carmen, por haberme parido dos veces.

– INTROS –

Saben que estoy en camino, justo como mi amigo de Ghana
dijo: "...ése es Miguel, siempre en camino..."

–"¿A quién le estás confiando tu eternidad? ¿A las creencias de Buda? ¿A las creencias de Mahoma? ¿A las creencias de
Jesucristo? ¿A tus propias creencias?

¿Qué buscas en esta vida? ¿Buscarías lo mismo si pudieras
vivir para siempre?

¿Cómo te gustaría morir?

¿Cuándo estarás preparada para decir "quiero irme", cuando te vuelvas débil?, ¿cuando pierdas tu poder?, ¿cuando tengas los problemas más fuertes de tu vida?, ¿cuando ya no haya
nada más por enseñar o aprender?

¿Puedes dejar ir cualquier cosa o cualquier persona desde
ya y para siempre?

¿Quieres a tus personas más queridas contigo siempre?

¿Estás lista para aceptar la partida de tu persona más amada ahora o en cualquier momento?

¿Estás lista y dispuesta para aceptar el destino sin importar
qué sea?

¿Qué es lo que quieres? ¿Viajes, residencias hermosas, ropa, amor, poder de decisión, paz en el alma, acaso nunca tener
que decir adiós?

¿Por qué piensas tanto en el futuro si no puedes predecir
con certidumbre cómo será?

¿Por qué te arrepientes tanto acerca de las velas derretidas del pasado?

¿Si fuera necesario, podrías despojarte de tu imagen y ser capaz de volver a comenzar?

Entonces, tengo un trato para ti... nos veremos en la noche."

Al despertar, el vampiro seguía ahí, aún podía escucharse la lluvia más allá de la ventana, estaba sentado dándome la espalda, tuve la sensación de que más que vigilarme velaba mi sueño, me cuidaba, inclusive intentaba ser mi guía a través de esa noche para mí tan particular, pero para él de tan coloquial oscuridad.

Había bebido de mí ya, estoy segura, aunque no me movía sentía el ardor punzante de dos heridas en mi cuello, sin embargo, no había querido terminar conmigo, ni quería tampoco atarme a él, en aquellos momentos de vigilia a través de estarlo observando de espaldas supe que sin palabra alguna claramente me pedía simbiosis, me pedía desesperadamente una breve compañía.

No vi sus ojos, nada de su rostro pues seguía de espaldas sentado en la silla frente a mí, pero la percepción de sus deseos fue más clara que cualquier anterior sonido que haya entrado por los túneles de mis oídos.

Sentía la angustia de su soledad, de su eternidad, le había sido negado el don de la muerte natural y ahora, aún siendo superior a mí en mente y en cuerpo, añoraba con interminable tristeza aquello que nunca jamás podría volver a poseer: su espíritu.

Es por ello que no podía hacer otra cosa que beber la miel carmín de las personas, irse alimentando de ellas y así narcotizar la nulidad de su alma, sentirse gobernando sobre aquello que jamás podría de nuevo poseer.

Simbiosis con un ser con vida para percibir aunque sea tangente mi espiritualidad, porque hasta ahora se sabe más evolucionado, pero siendo evolución para ser una bestia más fuerte, más rápida, con mayor sentido de la temporalidad, con mayor filosofía de la existencia y la insoportable decepción de reconocerse en dicha evolución al final de cuentas sólo como una mejor bestia.

Me levanté, no hizo ningún movimiento, caminé lentamente cada paso sobre ese piso de mármol gris y estando frente a él me puse en cuclillas con mis manos sobre sus rodillas, sus ojos estaban cerrados, sus cabellos húmedos caían por encima de sus hombros, su expresión era fría, triste...

"Simbiosis" pensé y quise ser simbiótica con él, con su eternidad, desde mi espiritualidad, con mi luz, con su oscuridad, con mi pulso y con su hambre, y descubrí mi cuello en voluntad ofreciéndole mi simbiosis, mi solidaridad.

Abrió sus ojos, sus pupilas oscuras emanaron un par de gotas de llanto negro que cayeron hasta mi mano derecha sobre su rodilla, entonces, encendiéndose un brillo de fuego en sus ojos, hablándome por su boca con una expresión de fuerte ira me dijo:

–"¡No entendiste!", y tres largas uñas de su mano derecha se incrustaron hasta detenerse en mi tráquea.

–"Simbiosis", escuché antes de morir, – "simbiosis" –retumbó en mí, y sólo registré el último reflejo de mi vida sintiendo otra gota de su negro llanto escurrir sobre mi nariz...

– CARMEN –

Estoy consciente de que será mi última publicación, sé que moriré pronto, no sé por tanto si debo hacer mi relato conciso o más bien detallado, escribo mientras viajo, viajo mientras huyo. La semántica en inverosímil ha dejado de ser, quisiera estar loco, quisiera, pero mis días están sangrando y ellos lo olfatean.

En este tren de madrugada sigo, por favor si lees este manuscrito escóndelo por un tiempo, déjalo tornar frío para que estés a salvo y luego envíalo al Sr. Kevin Lin en alguna de las Universidades de Londres, Inglaterra, él sabrá darle el seguimiento apropiado.

Esta historia no tiene un comienzo, es únicamente el relato del fin, de mi vida, de mis conclusiones, de mis pláticas otrora interminables, este relato es el resumen de mi vida y la única defensa filosofal propia que podré dejar a mis bienamados no nacidos, deseando con fervor permanezcan en ese estado y no en estado de no muerte ... la No Muerte. Miguel Ángel, ¿cuándo empezaste a negar la muerte? Simplemente cuando tuve que rendirme a ella, simplemente cuando besó mis labios dejando mis costillas frías, mis pulmones apagados y mi frente caliente, simplemente cuando no pude negociar nada y reconocerme humano, breve, con una visión de risa, de lástima, que más valdría ser ignorado, con planes para los próximos tres segundos dentro de la importancia de la existencia.

Cuando me di cuenta que hoy río y mañana lloro, cuando me sucedió ayer amanecer seco y hoy estoy muy mojado, cuando viví ayer estar anexo y hoy tengo que vivir separado,

13

miles de veces negué la naturaleza del término, del fin, del ciclo, miles de veces lo sentí pero casi nunca es suficiente para darnos la conciencia.

Me persiguen vampiros porque empecé a saber de ellos y ahora no hay nada que pueda yo hacer, mi curiosidad científica, mi morbo intelectual, mi morbo sexual, me llevaron a adentrarme en lo que sentí ser el descubrimiento del misterio de los años de la vida y de la muerte, de la sangre, del hechizo, ¡que adolescente actitud la mía, qué osado!, más ahora que se me acercan los días, que me acechan sus hambres, no sé si ha valido la pena querer ser reconocido y por esto recordado, seguramente creerás que esta es sólo una leyenda, un mito de bolsillo, yo te digo que espero que no se llegue a publicar pues entonces estarás en la lista de los que saben más y tu vida penderá de un hilo que goteará rojizo.

Me siento así porque todos llevamos nuestras cargas, pero en diferentes formas y tamaños, primero actuamos como si fuésemos a vivir para siempre para luego arrepentirnos suplicando por otra oportunidad. Pero qué sucedería si, en realidad, fuéramos capaces de vivir durante cientos o miles de años de noches sin días, ¿sería una fiesta interminable? ¿sería una culpa inacabable? ¿cómo podríamos soportar la conciencia del arrepentimiento? Al final terminaríamos por colapsarnos solos.

Hace miles de amaneceres conducía hacia la playa, llevando a mi madre en el asiento trasero del Jetta rojo, recuerdo haber despertado entre la oscuridad y el polvo, persignarme con la señal de la Santa Cruz y hacernos al camino.

Bello amanecer, brillante, fresco y musical, yo trataba de recoger las promesas de mis propias expectativas, y ahí en cualquier vuelta de la carretera, la historia del mundo como lo tenía concebido se desvaneció mientras girábamos incesantemente, con el techo en el lugar del piso y donde había estado el cielo ahora sólo encontraba el fondo del infierno. La acción instantánea de la fatalidad me gritó desde dentro de la cabeza

14

y me sentí tan golpeado que sólo pude cerrar mis ojos y escucharla.

Decretó y gobernó el momento, decretó con la fatal sabiduría de la muerte, sin importarle mis deseos, mi conciencia o mis oraciones más profundas, sin importarle el vacío que me llenaría, sin importarle cualquier sueño, sin siquiera importarle lo que siempre había percibido como realidad, sin importarle yo ni nadie, así nada más, la muerte instantáneamente se llevó a mi madre.

Al siguiente segundo no me encontraba trastornado, mi "autocontrol" trataba de explicarme los caminos de la vida lógicamente, después de todo los accidentes pasan, pero esto fue sólo durante el siguiente segundo, el cual duró tan brevemente...

Sólo puedo recordarme conduciendo, luego el auto fuera del camino, polvo dondequiera, un vacío de tiempo y un vacío de espacio. Mis oídos estaban abiertos sordamente, como una luz hueca en la mitad de una noche sin luna en el campo, sordo, ausente, fue cuando me llegó un ruido, un sonido de queja, una lamentación que me volvió a mis sentidos aún muy aturdidos, entonces abrí mis ojos muy despacio y levanté también lento mi vista y mi cabeza.

Escuché el quejido nuevamente y me di cuenta de que venía de mi lado derecho, volteé mi cabeza con dolor y vi a mi primo estar justo en la zona vacía como yo, vacío de espacio y vacío de tiempo pero con sangre en su cabello, y para mí en ese preciso momento terminó todo el vacío. Me di cuenta de que había tenido un terrible accidente, la lentitud se había despejado, mis reflejos tomaron el mando y vi a través del cristal izquierdo de mi auto a mi madre yaciendo eterna sobre el pasto.

A partir de ese momento todo comenzó, Dios Todopoderoso no me había mentido, no puedo culparlo por traicionarme a mí, a su hijo, al contrario, una de las ideas mayor pregonadas reza que la vida vendrá tras la muerte en su compañía, en el Reino de los Cielos, la paz rodeándonos, castigo y recompensa a través de la muerte. ¡Cómo puedo yo entender eso! ¡cómo podré ser tu testigo Dios mío y cómo podrás tú ser mi consuelo!

Mi estúpidamente normal universo cambio de rumbo, no había salida de sol, no entendía la teoría de la vida, no concebía el nacimiento de una flor a menos que fuera una flor de pantano que intentara rescatar para seguir creyendo, pero sólo enfocaba el pantano, no la flor y me hundía más y más, aún tendido cerca la orilla no existió en mi alma el aliento para respirar, aún seco el pantano seguí percibiendo el camino pesado, hundido.

Busqué abajo y busqué arriba y la explicación de Dios seguía siendo tan etérea, busqué adentro y me perdí en laberintos tormentas que apenas comenzarían, y dejé de respirar, dejé de escuchar, me dejé.

Me dejé y me fui, guiado sólo por la inconsciencia, sólo por las células de mi cuerpo trabajando en automático, sin voluntad manifiesta de por medio, abrí los ojos y no entró la luz, sólo me percibí flotante, inerte también, regresando a mi estado umbilical:

Sólo quiero el agua, vivo en el goteo pero aún no llueve.
Quizás en la oscura soledad si me comprimo llegaré otra vez a
nacer contigo y de ti,
en tu vientre,
umbilical,
aunque suene a inmadurez pero te extraño mucho más que
filial y fraterno,
y sigo,
y sigo,
y mis ojos tienen puesta tu mirada,
mi corazón sólo quiere calibrar tu peso para seguir adelante,
quiero crecer sólo si tú eres mi testigo,
Te percibo y por lo mismo te extraño.

De ufano a miedoso, incierto ante el mañana, ante la trascendencia, porque sé que no hemos entendido nada, que vivimos satisfaciendo sólo la apariencia y al final tomamos los valores de coloquio y no los propios y morimos pensando la heredad y la herencia y no sabemos nada.

Mi miedo a la muerte ha disminuido pero sólo porque ha hecho gran eco mi miedo a la vida, y no estoy cierto en saber para qué camino, por cuál de mis ideas seré medido, si los lazos crean dependencia ¿qué se puede esperar de nosotros si sólo somos humanos?: que entendamos al mundo que no conocemos.

Creo en Dios y amo a Jesús, pero no entiendo su Plan y me confunde mi Rol, ser fuerte ¿es bueno o malo?

Ejerzo mi nombre y qué dura tarea, qué Enciclopedia y yo sin saber leer.

Disminuido, Vida y Muerte y Vida y Muerte y Vida y Muerte... ¿para qué?

Me siento vacío, sin embargo cada que vuelvo a exprimirme sale más.

Inmóvil no, incierto sí.

Madre: Recíbeme a las puertas del Cielo ¡POR FAVOR! Te ruego Jesús, úneme con ella, con su Presencia, con su descanso, con su amparo... una vez ya le encomendaste para que me diera Vida, no me separes por favor de mi Madre, de mi Carmen, de mis alientos primeros, de mi leche y de mi sangre.

Me oprimo y me exprimo y no sé si voy a explotar para fuera o para dentro, no sé si voy a aguantar ¿qué estoy esperando?

Nada sabe igual y mi Misión, si es que existe, siento que no me interesa.

Dios Mío, como Creación e hijo tuyo, desde mi perspectiva infinitamente más limitada que la tuya sábete que vivo un capricho que te pido: ¡Déjame ver a mi Madre, a mi Mary Carmen, quiero platicar con ella y abrazarla! porque la extraño como su Hijo que soy, como su formación que soy, como su continuidad, como su carne...

Si algún derecho tengo a pedírtelo Dios Mío, cosa que ignoro, te lo pido mi Señor de Amor. Cura mi fuego, mi amargura y mi dolor... Señor de Amor.

Aún con fiebre en el letargo escribí:

Ciudad de México, 3 de mayo de 1997.

Dios mío:

Yo sé que todo es parte de un Plan Divino y que es sólo esta vida transitoria, que venimos a ejercer las ruedas para cursar un camino y sin embargo no entiendo, no sé, no me explico que si soy parte en divino, pero humano en mis hilos... no entiendo tu Plan, con mi limitada visión y conciencia, armado con mi creencia ignorante de tus razones vivo y no sé cuanto tiempo existo, en el eterno presente y en el ansiado Domingo.

Me enviaste de Madre y Padre, mil substancias he absorbido, encarnado, emparentado, carnalmente amado y hoy, sin entender tal camino, mi Madre de humano contigo ha ido.

¿Cómo entender cuando de ella he nacido? Es no sólo un apellido, es mi carne, mis ojos, mi sangre y mi parto, mi embrión lo que ella ha concebido, ¿cómo quieres amado Mío que resigne este estadio? si no entiendo, si dependo y si ansío. ¿Cómo quieres que yo siga sin mi Madre?, la extraño, la amo, la sueño, ¿la necesito? si me enviaste como humano y ella me ha parido.

Abatido, cansado, sólo quiero dormir...

Y así dormido anduve en el trabajo, en la terapia, con mi novia y creyendo que el tiempo cura todo como por arte de magia, mi encuentro con la muerte se fue disfrazando de experiencia de vida.

– ONÍRICA DE OJOS CERRADOS
Y DE OJOS ABIERTOS –

Registré mis momentos a través de los sueños que tenía:
"...En la noche, soñé con vampiros, todos eran excepto mi padre, mi hermano y yo...", "...la semana pasada estaba desnudo, portaba sólo una camiseta blanca que me cubría hasta la mitad de mi zona púbica...", "...soñé que iba a la playa a un hotel barato en Acapulco y seguí a una mujer, nos encontramos y nos besamos, sin embargo creo que ella era desconocida para mí...", "...esa misma noche caminaba a través de las calles de un pueblo muy típico mexicano y había un grupo de jóvenes cantando boleros famosos, me acerqué y empecé a cantar también acoplándome muy bien con ellos, en ese grupo había una chica morena tratando de coquetear conmigo...", "...había unas como proyecciones o algo, mi madre estaba ahí como parte del público, creo que la habían llamado o anunciado a morir o algo y yo me rebelaba ahí ante la idea...", "...soñé que estaba en una ciudad, donde un concepto totalmente nuevo se iba a desarrollar en un gran, gran proyecto, creo que era sobre el mar...", "estaba en el supermercado enseguida del departamento de música, estaba en un restaurant y me acusaban de haber robado un disco...", "...soñé que caminaba por un lugar que yo suponía cerca de mi casa, y había un grupo de muchachos conocidos por mí, yo subía a un puente de piedra (como las construcciones en mi colonia), subían los muchachos actuando como pandilla y una vez arriba del puente me pedían mi dinero, me querían asaltar, sin embargo, yo les decía que éramos conocidos, que vivíamos cerca. Ellos no me hacían caso y se acercaban para agredirme y yo me defendía tirándolos uno a uno del puente, ellos eran como once, dándome cuenta cuando ya los había tirado a todos y los veía caídos en el piso, muertos, y

yo me sentía muy mal por ello aunque hubiera sido en defensa...",
"...soñé también que en mi trabajo en la compañía de seguros alemana
podía ver el registro del siniestro del auto en la computadora, sin embargo,
cuando le ingresaba las placas a la computadora me aparecía la foto de
un camión y de ahí la figura me trasladaba a la playa para ver porqué
estaban utilizando mi número de placas para otro vehículo...", "...soñé
que estábamos ante a inminente probabilidad de un sismo en el salón de
clases donde estábamos unos cuatro compañeros...", "...Soñé que iba con
Alejandra a un lugar de playa con muchos acantilados, supuestamente
era Ixtapa, pero no se parecía, Alejandra fue en una ocasión al tocador
que estaba en un lugar bonito sobre un acantilado y cuando ella se acer-
caba crecía una ola muy grande que iba a chocar contra la construcción
donde estábamos, yo me acerqué a ella, pero el rebote del agua no subió
hasta donde ella estaba, pero al regresar yo tenía miedo, no podía subir
una bardita de un metro de alto y llegaba un funcionario de mi empresa y
me ayudaba diciéndome dónde recargar el pie..., "...momentos antes había
soñado que..."

.....y así en vigilia taciturna, mi vida fue una mezcla de sueños
diversos, mis refugios de los soles y traté de empezar a escribir
mis propios guiones de sueños, quería encontrar motivos en
Alejandra:

"....Amada, hermosa, sueño contigo,
sueño que esquiaba y esquiabas conmigo, bailaba,
sueño que nos amamos tanto y te casas conmigo,
tan intenso mi sueño,
tan desde dentro que dejo el sueño y fantaseo despierto,
trabajando un camino y contigo camino amor,
contigo vivo,
contigo duermo y de ti respiro.
Contigo la brisa y el domingo,
contigo mi casa y mi destino,
contigo mi cuerpo, mi sangre,
mi espíritu contigo,

mi Amor, mi fidelidad, mi fervor y mi fragilidad,
mi suspiro, mi tristeza, mi carencia, mi presencia,
mi miel y fuego contigo,
mi calor e intensidad,
mis horas de libertad, mi fuga contigo,
mi sexo contigo, mi boca, mis dedos
y mis venas contigo ¡porque vivo contigo!
porque en mi vida, si vivo vivo por ti,
por tu eterna dulzura, por tu ternura,
por tu abrigo,
por tu ciencia,
por la alquimia que me derrite en la honestidad de tus verbos
y me hace fluir dentro de ti,
porque el tiempo de ausencias disminuye tiempo a tiempo y
nos une mientras nuestro amor nos unifica,
porque eres lo más hermoso de mi vida,
la pasión de mis días,
la ambición de mis noches,
y siempre, más frecuente que siempre: la luz de Génesis en
todos mis colores y
el eco creciente desde mis latidos hacia mis sentidos.

Sin embargo, fui cayendo en la cuenta de que hay sueños que se tienen a ojos cerrados y otros que se tienen a ojos abiertos. Los primeros me llevaban a despertar a una mayor percepción de la realidad, sin que hubiera aún entendimiento; los segundos a fantasías románticas. Vida creo que tú me fallaste a mí y creo que yo le fallé al Amor. Junté mis piezas lenta, dolorosamente, absorbiéndome en mis responsabilidades laborales mas al no hallarme dentro de mí sentí que era tiempo de comenzar a viajar.

Quería salir de mí para ir a otros sitios, otras vistas, a otros sabores; comencé por entrar a los Andes, sin embargo no fue suficiente absorción, no fue demasiado ajeno, sólo pisco sour y nieve; nieve que quemó mi piel pero no alteró mis adentros, lo más valioso al salir del aeropuerto de Santiago fue empezar a ambicionar más sellos en mi pasaporte.

Quería más, empecé a buscar el viento sobre los mares, llamándome poco a poco pero firme el Viejo Continente.

En ese entonces, aunque tenía mis pedazos físicos intactos, mis conceptos de existencia continuaban más obedeciendo a un resentimiento que a una lógica, no me bastaba con las recetas.

Mi amor de pareja no fue suficiente para llenar las respuestas, cambié, me fui, provoqué la ruptura de mi vida sentimental coloquial y lógica, mi secuencia de amor seguro, pero los sentimientos no eran mi mayor búsqueda en esos momentos, de haber cedido a tal refugio hubiera negado el lobo hambriento que me obligaba a encontrarme y realmente no quise esperar a llegar a la eternidad para obtener las respuestas, hasta que frente a la Gran Luz "finalmente" algo hiciera sentido.

Traté de combinar mi obligación de estudios, a la que me aferraba, con la ambición de distancias, y lo logré, diseñé mi escape al encuentro, ahorré, gasté y lo realicé en la luna llena del último marzo del siglo XX, llegando de Chihuahua con Alejandra a El Paso Texas, volando sin ella de ahí a Dallas, a Londres, a París y desde ese vecindario literalmente repté hasta mi destino flamenco: Antwerp: Amberes, sobre el Italielei, un pequeño estudio en un cuarto piso de grandes ventanales con diez veladoras gastadas sobre los pies de la vista mayor.

– EUROPA –

Mis obligaciones académicas fueron pocas, me ocupaban un sólo día de la semana, ese era mi salvoconducto no mi meta, viajé lo más que pude en tren, siempre en tren, y para empezar a buscarme quise pisar primero mi contraparte mestiza.

Amberes–Bruselas–París Nord/Lyon–Montpellier–Perpignon–Barcelona,
Abril 15,1999.

Es muy temprano aún para ir mudando mi dermis y epidermis, tengo resquicios de aquello que me había hecho sentir en lo mío, sin embargo poco a poco mientras recorro esta Ruta del Modernismo, me voy renovando, aunque a veces me sorprendo traicionándome, pretendiendo afianzarme de lo conocido y buscando el regreso.

No sé si mi humor hace lo hermoso triste y si pinto de triste lo hermoso, esa era mi óptica cuando transitaba sobre Port Vell en Barcelona, con la lluvia y mi puro, me siento en una banquita con techito, pero cerca del paso para sentir el goteo y sentirme mimetizado:

"Aquí, en medio del frío y del agua,
aquí en medio de la fascinación gótica,
aquí en la diversidad,
bebiéndome el hambre de tantos guisos y de mis soles,
aquí viendo el agua hecha puerto de tres mil gaviotas,

aquí en este mundo, durante mil instantes eternos mi mente
vuelve a ti.
Es gran belleza el puerto y la algarabía,
monumentales los diálogos de arquitectura y escultura,
pero es tal su devoción a la armonía,
tan fuerte y evidente su belleza,
que queriendo o aún cuando no abunda mi conciencia,
tal como en mi mundo y en mi frío,
en mis mares y en mis fantasías de gaviota,
durante mil instantes de prolongada eternidad,
mi mente se transforma en ti.
Gracias por estas aguas y estos soles,
por estos contrastes y contradicciones,
por estos monólogos de tantas hambres.
Gracias por esta vida que continúo entendiendo,
y aunque no agradezco plenamente la distancia,
creo que me comprende y me sienta.
Las nubes densas, el goteo muy leve y muy necio,
y yo saciando mis sedes de frío, de aguas,
de extrañezas y de distancias y distancias y distancias,
para caer en la cuenta muy a mi placer,
que dentro de la realidad,
transpirando en mi reino de inmensidad, vives realizada.
Veo con mis ojos, pero no percibo sólo con mi sangre,
camino con mis piernas pero no es sólo mi impulso quien las
agota adelante,
y cuando duermo me expando tanto hasta incluirte tangible en
mi conciencia.
De este sitio tan interesante vale la pena el recorrido,
sin embargo me encuentro observando
como las distancias, el frío, el goteo caprichoso y todas aquellas hambres que aquí experimento,
pueden fabricar, durante éstos mis instantes de prolongada
eternidad,
la ruta directa hasta ti."

A los pocos días regresaba a mi base en Amberes y volvía de nuevo al camino..."...Ese es Miguel, siempre en camino..."

Poco a poco fui dejando lo común para conocer lo ajeno, quería viajar y empecé a cubrir mis prioridades geográficas: Alemania, las tierras del lenguaje estructurado, universidades de pensamientos férreos, los cielos blancos y grisáceos de poderosas filosofías de los últimos siglos, de Berlín, la ciudad gris.

Corrí al término de mi clase a la estación de trenes de Amberes, abordé las siguientes ruedas a Bruselas, y de ahí a las 18:25 tomé el tren de conexión a Colonia, finalmente a las 22:15 tomé el correspondiente a Berlín.

Amberes–Bruselas–Colonia–Berlín., Alemania,
Abril 22, 1999

Cansada mi cabeza dormí relativamente temprano en el tren, el vacío del vagón de esa noche me incluía, realmente descansé. Más tarde, con luz colándose por la cortinilla del vagón escuché que tocaban el cristal de la puerta, era un oficial de migración, alto, ario, revisó mi boleto de tren y selló mi pasaporte. Le pregunté todavía medio dormido cuánto tiempo faltaba para Berlín, me respondió que estaríamos en la estación de Zoological Garten en diez minutos, presentí que la iba a pasar bien.

Berlín, la esperada ciudad gris, Brandemburgo, Pérgammon, Check Point Charlie y Cabaret–Berlín.

Cabaret–Berlín, estoy sentado aspirando las mejores lociones berlinesas en el estreno para prensa de la obra de teatro "Cabaret–Berlín" en el Tränen Palast.

Realmente fue una gran suerte estar aquí pues era sólo mediante invitación, pero esperé un poco de tiempo, casi a que empezara y pues aquí estoy, fue la voluntad y los 38 marcos los que me acortaron la distancia para no quedarme con las ganas; el lugar es increíble y rarísimo, pululan las drag-queens y los más y las más elegantes berlinesas.

It's about to start...

Dos lugares a mi derecha están un alemán tipo Highlan-der, junto a una muy guapa rubia elegantísima, y a mi izquierda otra berlinesa pero castaña, y el lugar está lleno de vestidos de cuero y trajes sumamente caros, creo que la única mezclilla bin Ich! (¡soy yo!), pero la inspiración por haber entrado se la de-bía a mi mamá, ¡va por ti y por Liza!...

Bueno, esto no ha sido exactamente la obra "Cabaret" que yo conocí, pero estoy súper contento con el resultado, este show es diversidad en escenario de primer mundo; hay som-breros extraños, todo el atuendo de todos es absoluto negro, piel o plástico pero negro, y el show, ¡ pero qué show !, todos súper cuerpos y el performance ¡súper gut! predomina el show de hombres, o quizás lo que predominan son los gays; este ambiente diverso que observo es bastante entretenido, peina-dos de antena y modas que bien podrían darle clases a Boy George y a Elton John; los hombres, obvio de negro, supere-legantemente vestidos, y todos en su rol disfrutando del show.

¡Qué buen día hoy!

Hoy sí que ha sido un día estupendo, súper esperado, también súper sufrido pues casi no dormí en el slepperette porque hacía mucho frío en el tren, y por fin, cuando el poli-cía del tren me despertó hacia las 09:00 a.m. para decirme que faltaban 10 minutos para Berlin Zoo, todo cambió, incluyendo mis expectativas sobre ésta, otrora ciudad que en mi contexto siempre había pintado de gris, y no es así, este lugar es un verdadero caleidoscopio de historia y de estética, que no ad-mira y recibe su adorno por los siglos que lleva puestos, sino que se sigue renovando en continuo, Postdamer Platz nunca será más la que vi hoy, todo lo están reconstruyendo con altos edificios y comercios.

Cabaret Berlin, Cabaret Berlin, qué interesante concepto, todo el mundo es feliz como es y todo el mundo se divierte, no siento exclusión en absoluto sino universo; gracias por este gusto que realmente estoy disfrutando.

El *Siegessäule*: la "Columna de la Victoria", desde donde Bono manda al ángel en el video, el bosque de los animales, Zoological Garten y la visita, la Universidad Humboldt, el Muro, pinche Muro, y la vida y el orden de esta gente y ciudad, es un primer mundo muy estructurado, en principio Deustschland no cumplió con las expectativas que le había asignado, simplemente a mil las superó.

Y así seguí en Europa, mi departamento en Amberes, la Universitat Facultetein Sint Ignatius Antwerp, los trenes, como desde el que sigo escribiendo. Mi giro de vida me ha trasladado del Partenón en Atenas a la Mona Lisa, de Gaudí a los cafés donde platicas con las flores de Van Gogh y de ahí a mi encuentro con la Italia renacentista en Florencia...

Amberes–Bruselas–Milán–Florencia, Italia,
jueves Abril 29, 1999.

Llego a Florencia evidentemente buscando a Miguel Ángel Buonarotti, mi nombre y la Academia; poco a poco voy recorriendo los lugares que atestiguaron la expresión existencial del ser humano a través de la validación que yo entiendo como más legítima, aquella que está expresada por más culturas durante más tiempo. Al fin empecé a buscarme.

Está muy nublado y la luz del sol ha estado muy tenue todo el día, sin embargo los resquicios de luna llena dan algo de claridad al atardecer, me dirijo como turista por las curveantes calles después de la Academia y el Baptisterio de la Catedral y llego al sepulcro del narrador del cielo y del infierno, Dante Alighieri.

Al entrar a la antigua iglesia tropiezo con un hombre que sale de ahí, más alto y delgado que yo, por su mirada baja no lo veo bien pero trae el elegantísimo uniforme de los carabinieri, seda color azul oscuro, capa, refinado él, no me extraña el buen vestir pues evidentemente estoy en Italia, calza pesados botines y aunque lleva prisa supongo que habrá caminado rápido pues un segundo después ya no oigo sus pisadas. Sostenía en su mano izquierda papeles de pergamino y un pincel de escritura, para quienes provenimos de latitudes menos clásicas, el pergamino y el pincel son elementos inusuales para la escritura hoy día, pero esto es Florencia.

Me percato que el ambiente dentro es húmedo, hace un poco de frío pero no desagradable, más bien frío reflexivo. Continúo mis pasos y al entrar en la iglesia me siento en la primer banca de la derecha a contemplar y rezar un Padre Nuestro, al hincarme aplasto un objeto ligero con mi rodilla izquierda, dirijo mi vista y veo una hoja de pergamino recién escrito con tinta carmín que contiene un texto que trato traducir del italiano:

"Estoy junto al sepulcro de Dante, en la que fue su casa y
después convertido en una iglesia;
estoy junto al sepulcro de alguien que ahora debe estar atestiguando su obra, esperamos que en las rosas del cielo y no en
los círculos del averno.
Pocos clarividosos como él, describiendo no al hombre o al
Dios, sino al nexo."

Repaso con mis ojos nuevamente las palabras, concentrándome en la frase final: "...describiendo no al hombre o al Dios, sino al nexo...", el nexo, ¿será que he buscado las respuestas equivocadas?, ¿cuál es el nexo? ¿Jesús? no, debe ser algo más.

Me extrae la música antigua que empieza a flotar en la iglesia y volteo a ver un cuadro a la izquierda de la puerta que muestra el momento en que conoció a Beatrice Portinas, su gran amor, y otro más a la derecha de la entrada en donde figura su boda con ella.

En mi mente trato de conversar con él: "Dante: ¿en qué sentido te inspiró Beatrice para haber bajado a los infiernos y haber abierto los ojos a la descripción de los eternos fuegos?; ¿cuál fue tu motivo y cuál fue tu autorización para la entrada y la salida del cielo?; Beatrice, Infierno, Cielo, ¿cuál fue tu inquietud primera, cuál tu eterna?, Dante profundo viajero...".

Mi fantasía mental se suspende por el galopar de un caballo que se detiene junto a la entrada de la iglesia, me reincorporo de sobresalto y corro tres pasos hacia la puerta, veo al carabinieri desmontar el caballo y viéndome decididamente dice: "signore per favore la pergamena", ante tal inusual cuadro evidentemente yo no reacciono y dando un paso extiende su mano hacia la mía y repite con firmeza "la pergamena", le doy entonces su hoja, la guarda en la alforja izquierda y emprende su cabalgata veloz por donde llegó.

En el mismo instante sopló un viento frío que rebotó en mi cara, parado en el marco de la puerta, aún con un pie dentro de la iglesia siento unos dedos gordos y pesados sujetar mi hombro derecho, mi primera reacción es gritar despavorido, mientras un regordete sacerdote con cara de infante se ríe de mí.

—"¿Qué pasa, señor? ¿Acaso lo he asustado? El servicio a turistas ha terminado".

Sin decir palabra tomo mi mochila con la mano izquierda y salgo de ahí, empiezo a sentir mucha comezón en las yemas de los dedos pulgar, índice y medio de la mano derecha, me manché de tinta carmín, necesito un baño o una fuente para poder limpiarme, por lo pronto recurro a mi salivita chupándome la parte manchada de mi dedo índice, qué rara tinta, está sedimentada y se cae al contacto con mi saliva, hago lo mismo para limpiar dedos pulgar y medio quedándome con un raro sabor salado en la lengua.

Veo mi reloj, sólo estuve aquí siete minutos, no más, y veo que debo correr para alcanzar el tren de las 18:40 que me conducirá a la ciudad de niebla y canales, la Serenísima.

Llego apenas a tiempo, el vagón con mi cabina va con una pareja que se besa y besa, no me importa, entro con respiración fuerte, acomodo la mochila junto a mí. Me siento agotado, el incesante ritmo del tren contra el viento y los rieles me han servido de conteo y de pronto sueño aún sin dormir profundo, sueño distinto, creo que habito un estado más alto de conciencia, más real, como si mirara hacia mi frente desde dentro y me suelto hasta ubicarme sentado en el asiento de copiloto de un carro compacto negro, llueve en el calor de las noches tropicales, nublo mi vista y regreso la atención nuevamente al auto, más lluvia, más veloz, más lluvia mientras rebasamos en curva, peralte de limbo y de silencio.

Acabo de sufrir un accidente, la lluvia provocó el patinar de este carro negro contra la pick-up, lo último que recuerdo es la marejada de lluvia en el parabrisas y la llanta de la camioneta acercándose girante a mi cabeza, el resto ha sido vidrios, mareo y vuelo, mareo y vuelo, amnesia y vuelo... amnesia.

Me he desconectado cerebral, emocionalmente no tengo conciencia del tiempo, la única sensación que tengo en este momento es muy extraña, es como seducción, como un paño de agua fría que recorre lentamente mis orejas y mi frente, mi barbilla y mi cuello, mi cuello; esa es la única sensación que tengo, humedad fría, el resto de mi percepción está incoherente.

Sigo sin percibir el tiempo, sigo sin conciencia ni dolor, sigo sin noticia, sin poder abrir los ojos, sin poder mover mis manos, sólo el paño recorriendo desde el cuello hacia mi frente, y me pierdo, otra vez al sentir que vuelo me pierdo...

No ha transcurrido mucho tiempo, frío, tieso, ¡ahora sí es un dolor agudo intenso! ahora sí te siento, no era un paño frío, es una helada lengua sedienta de mi pulso caliente, es tu lamer de mi rostro retirando la sangre lo que me entumía, tu lengua pétrea, con asco ahora me asfixia un espasmo, me priva este dolor intenso, me perforan tus colmillos y me succionan varias partes dentro del cuerpo, mi aire se escapa, ahora sí pierdo consciente la conciencia, la pureza y el alma, siento como gota por gota por la sangre se coagula la gracia, y mientras siento tus dedos largos y huesudos sujetar con fuerza hacia abajo mis cabellos me tomas, me vacías...

Siento como intenso mas no siento nada, y quisiera exterminarte pero no quiero que me dejes sólo en este mi último momento, mi desencuentro, déjame sólo la luna para mí, sí sí, la luna para mí.

Muevo mis dedos y el movimiento se registra lento en las falanges, articulo un insignificante movimiento... no puedo mover mis ojos, me mareo, me mareo, siento otro espasmo en el cuerpo, "ya no me toques, no me toques....aahhhhh ¡No me tooooooqueeeessss!"

—"....Signore, signore, per favore, Stazione Santa Lucia, Venezia."

—"Grazie mille, amico, grazie mille".

Aturdido estaba, mis músculos pesados, mis hombros dolían, podía sentir las venas de mi cuello saltonas, el aire no me era suficiente por la nariz, respiraba casi todo por la boca, tome la mochila y me bajé del tren lentamente, asiéndome de donde pudiera, salí y comencé a caminar pesado o más bien apesadumbrado, en línea recta hacia la salida de la estación y una nueva impresión me atrajo en ese instante, el canal, los taxis sobre el agua, los puentes, de acuerdo, me doy cuenta que he llegado a Venezia.

Era noche ya, mi reloj marcaba 21:37, leía mi manual de Europa para dirigirme a un hospedaje y la niebla leve de pronto compartía su velo traslúcido, cruzaba en las vaporettas hacia la isla de la Giudecca, quince minutos después bajo primero de la misma, tengo prisa por descansar, después de pasar frente a la Iglesia del Redentore debía caminar tres cuadras por la Fondamenta Ponte Piccolo, veía la luna casi llena en el Canal de Venezia.

Venezia en la hora de los arlequines, la hora de las máscaras, la hora de los rostros fijos, de la tez permanente, del blanco impuro y del puro negro, del negro verdadero y el blanco pintado de blanco, caminaba, el viento soplaba y estornudé, me detuve en el cruce con el Río Ponte Lungo, saqué un pañuelo del bolsillo de mi pantalón y de reojo vi en la esquina de la calle que se desviaba a la derecha, en una calle pequeña donde se cuela una vertiente del canal, un delgado arlequín de contornos femeninos, alzando sus manos y saltando sobre el piso, no es cierto, no es sobre el piso ¡¿es sobre el agua?!

Sí, en la clara luz de esta noche gris plata alcanzo a ver las cortas ondas que chocan contra las paredes erosionadas de los angostos andadores. Me detengo en seco, estornudo, con un movimiento circular que empieza en su cadera y termina en sus manos me observa con su cabeza abajo y su mirada arriba, viéndome y sonriendo al tiempo que elevaba su frente hasta la estatura de la altivez, sus ojos fuertes me han tocado; sus ojos me están tocando dentro, no me muevo, siento algo incómodo en mi frente, no puedo hacer nada al respecto.

En un breve flashazo sentí un escalofrío recorrer todo mi cuerpo, de mis brazos, pasando por mi pecho, a mi vientre y hasta las terminales nerviosas en las plantas de mis pies. Sus ojos brillaban mientras seguían contactando conmigo.

Momento mudo, sordo momento, sólo concebía el brillo de su mirada fija en mí e imaginaba que ella me poseía, me sostenía encima de su cuerpo, anudados por sus piernas sintiendo fuego por toda nuestra genitalia, con largas lenguas ardientes por los cuellos, el suyo y el mío, los oídos, pliegues, cunetas, con mi boca asida a sus sudores cual sanguijuela en carnes nuevas, no podía decir que no a nada que ella quisiera, era suyo completamente, todo mi pensamiento, mi orgasmo total, mi ausencia neuronal en esa mirada de inapelables fulgores ante lo que yo sólo pude imaginarme esclavo e indefenso, y con otro flashazo volví de la figuración.

Con el mismo delicado movimiento pero inverso, regresa a sí y brinca una vez más hacia el pequeño puente que da a su derecha y se me pierde.

Antes de que la señal de lo que vi llegara a mi cerebro y me contestara que era absurdo pero cierto, un grupo de franceses: dos castañas con cabello lacio acompañadas por una rubia muy gorda y dos tipos vestidos como para un safari que también buscaban el mismo albergue que yo pasaron junto a mí cantando y riendo, atrás de ellos una pareja de orientales silenciosos, me distraje, quise convencerme de que la arlequín que había visto había sido una alucinación derivada de mi cansancio y mi pesadilla en el tren, traté de olvidarlo, molto difficile.

Recostado en la cama del cuarto compartido en el albergue juvenil recuerdo los acontecimientos inusuales del día, antes de la iglesia de Dante era un simple turista, ahora tenía algunos temas en qué pensar, el carabinieri del pergamino, la pegajosa tinta salada de carmín, el sueño del atentando contra mi cuello, arlequines sobre el agua en la esquina de un canal, ¿qué hay enfrente y qué hay detrás?, ¿seguro que dije que no al hachís que me ofrecieron en Milán?, bueno, seguramente sí me lo estoy imaginando, mientras tanto ya tengo anécdotas que contar a mis primos, por lo pronto mañana trataré de seguir siendo un turista de paseo por los bellos lugares de Italia.

– LIÉBAVA –

Venezia, Chiesa di San Zaccarías,
Abril 30, 1999.

Hoy casi cumplo un mes de haber salido de México, y desde entonces he ido develando uno a uno, la fascinación gótica y renacentista que han construido este carísimo terreno llamado Europa. Ahora mismo estoy en espera de un concierto en la iglesia della Pietá, donde Antoni Vivaldi, era "Maestro de Orquesta".

Interpretarán obras suyas y de mi gran Wolfgang Amadeus Mozart; se perfila como algo musicalmente profundo y tiene por ahora el sello de esta ciudad tan nebulosamente bella, de canales oníricos, de comercio casi sublimado, Venezia, "la Sereníssima".

Venezia fue más de lo que creí, más grande, más ancha, más comercial, sin embargo no puedo decir más romántica, es inútil decirlo cuando el corazón no late, sólo bombea y la sangre no se encuentra al rojo vivo. Lo que sí encontré en Venezia es un sublime temperamento y un exquisito viento embriagador de parajes, de colores y descolores, de sabores.

Piazza de San Marcos, lentamente por la noche te vuelve a reclamar el agua, tu movimiento, tu alegría se la traga para hacerla profunda y guardarla, con la inmensidad imparable de la marea para ciclarte en su sal de agua y poseerte en la noche, mayormente hoy, noche de plenilunio y templada existencia.

Venezia, lugar que te reinventas cada mañana cuando se van disipando tus nieblas. Venezia, lugar con demasiados arlequines como para ser cierta, poco a poco voy despertando de mi sueño y poco a poco te vas descubriendo irreal, fantasmal, bella, bella, tu sol y tu luna son la caricia de la diaria vanidad que te torna tan embelesada y serenísima.

Venezia bellísima, Venezia onírica, Venezia, simplemente no existes Venezia...

Es de noche nuevamente, no he tenido suficiente de Venezia, ¿cómo tenerlo?, hoy dejaré Italia por esta ocasión y me iré a los imperios del medioevo, a las fraguas de aquel poder, hoy me dirijo al impero austro–húngaro... Carmen, si pudieras verme...

A las 20:45 dejo la estación de Santa Lucía para ir a Viena, no quiero dormir en el tren, me quedé ciscado, no quiero abrir las puertas al sueño de mi cuello, fue muy muy intenso.

No estoy cansado, más bien no quiero estarlo, no me quiero dormir hoy en este tren, es tarde, leo a Sir Conan Doyle o supuestamente lo leo pues sólo paso mis ojos sobre las letras mientras mi mente piensa en otra cosa.

Guardo el libro en la back pack, veo la ventana y el cenicero debajo de ella, está cerrado y vacío, lo abro, lo cierro, lo vuelvo a abril, lo cierro de nuevo, carajo estoy inquieto, ahora el vagón no va solo, pasan de las 11 de la noche, todos cabecean excepto una señora de aretes grandes que sin verme me observa, está sentada frente a mí, trae muchas ropas de colores, está rara. ¡Ya no sé que me incomoda más, si estar dormido o despierto!

Finalmente me ve directamente a los ojos y me pregunta algo en algún lenguaje balcánico que obviamente no entiendo, ve mi cara de desconcierto y me pregunta en italiano de dónde vengo.

Yo le respondo: "México".

–"Oh, messicano".

Sonriendo para sí, me pregunta en poco fluido español con acento macedónico como el de Bora:

–"¿Qué te preocupa esta noche, ragazzo?"

–"¿Qué me pasa?, larga historia."

–"No me refiero a la historia de atrás, percibo en tu presente miedo para cerrar los ojos."

–"¿Cómo lo sabe señora?

–"Fácil, soy una Rom, "gitana" como ustedes nos llaman, vengo de Sarajevo, y por lo que puedo ver en tu rostro, has visto realidades que no puedes creer. Yo y mi gente hemos cruzado ese umbral desde hace largos tiempos, pero ustedes, jóvenes ignorantes, están tan ocupados con las técnicas y las tecnologías modernas que han olvidado los básicos. Ya no quieren saber de "los antiguos" para algo distinto que no sea un documental del Discovery y por eso cuando se topan con la Realidad simplemente se espantan y la niegan con algún absurdo supuestamente racional. Joven aturdido, la sabiduría no va con la edad, sino con lo que hayas hecho con la edad."

–"Señora, ¿porqué cree que me estoy resistiendo a creer una vivencia?

–"Fácil, soy una Rom. A tu edad quitan el sueño sólo pocas cosas: los riesgos del placer, el amor y desamor, y en algunos el dinero. Pero no tienes eso, no tienes tristeza, tú tienes miedo, inseguridad; tu esquema o está roto o está siendo ampliado, pero tú no lo crees."

–"¿Cuál es su nombre Señora?"

–"Puedes dirigirte a mí como Madame Liébava Kresnik."

–"¿Qué ve en mis ojos Madame Kresnik?"

–"Primero, ayúdame a ser lo más honesta que pueda contigo; no creo que vayas a ocupar esas liras que dejaste en tu cartera por algún buen tiempo."

–"De acuerdo, entiendo, dígame lo que ve"

–"Por tu mirada perdida y actitud nerviosa, yo percibo que de alguna manera has sido tocado por lo no–natural y se ha posado dentro de tu pecho. Traerás esta inquietud hasta que lo aceptes y muy probablemente hasta que lo enfrentes."

–"Madame Kresnik, por lo que dice, usted parece conocer mucho de la vida natural y por lo que percibo de la no–natural también, pero por favor entiéndame, en mi vida jamás había soñado con terror en el cuello ni había visto saltar arlequines con miradas fulgurantes sobre los canales como hasta hace unos días."

—"Mullo..."

—"¿Cómo dice?"

—"Mullo."

—¿Qué o quién es Mullo?, ¿qué está pasando aquí?"

—"En nuestra tradición, Mullo es aquel no vivo y sin embargo no muerto, que propaga horror, sin natura, extraviado."

—¿Qué?, ¿no vivo y no muerto? ¿porqué?"

—"Sencillo, por morir de causas no naturales, por no haber tenido ritos mortuorios suficientes, o en ocasiones por muertes insospechadas y repentinas. Su forma es variable, puede pasar inadvertido, a menos que lo observes a detalle, y entonces puede ser demasiado tarde."

—"Entonces, la arlequín de Venecia..."

—"Sólo tú sabes lo que viste, yo únicamente te recomiendo que aceptes los hechos como son, no los juzgues, no los filtres y te será más fácil lidiar con ellos. Eso es algo que nosotros aprendemos desde muy corta edad, nos educan para creer, para enfrentar, hasta para cohabitar."

—"Madame Kresnik, entiendo lo que usted me dice, pero tengo todas las piezas sin armar. Lo que usted menciona es coherente con lo que he visto los últimos días, pero por favor, le pido que me diga exactamente qué es lo que está pasando conmigo".

—"¿Cuál es tu nombre hijo?

—"Yo soy Miguel Ángel."

—"Miguel Ángel: tu alma ha sido olfateada por un vampiro."

Miré fijamente los ojos de Madame Kresnik, sentí mis párpados pesados y mis córneas calientes. Mi cabeza se puso en blanco, el correr rítmico sobre los rieles del tren fue perdiendo volumen y de pronto no vi claramente la figura de la gitana que me confesaba, su cara había cambiado por la de un hombre viejo, como si hubiera transfigurado su mentón.

En ese minúsculo transcurrir de tiempo en que vi su rostro mutar a través de pequeñas sombras blancas volví a enfocar su mirada, parpadeé y la volví a ver lentamente en su faz de gitana.

Rompió el breve y profundo silencio:

—"Por lo visto requieres de más información."

No pude hablar, sólo asentí con la cabeza, sentía calor, mucho, mis labios estaban secos, desabroché los botones de mi camisa hasta medio esternón y sentí el sabor salado de la tinta carmín de Florencia nuevamente en mi boca, no sé por qué.

—"Miguel, ellos existen, no sólo en la superstición y no sólo en Transilvania, empecemos por el principio: ¿crees en lo sobrenatural?"

—"Recuerdo a mi padre contando historias de que la casa en una colonia de la ciudad de México llamada San Pedro de los Pinos, a donde fuimos a vivir cuando nací, tenía presencias extrañas."

—"Dame un ejemplo."

—"Me contaron que durante el embarazo de mi madre esperando a mi hermano mayor, estaban mis padres en el piso de abajo, en la sala y oían claramente un llanto de bebé viniendo de la futura recámara en el piso de arriba donde estaría la cuna. Al subir a ver de dónde provenía el llanto, justo antes de entrar a la puerta del cuarto, éste se silenciaba y en la recámara de raro se hallaba absolutamente nada."

—"En nuestra experiencia Rom, si un niño muere sin haber sido bautizado regresará a mamar del pecho de su madre. Esto sólo puede ser evitado poniendo tierra de la tumba del bebé en un costal de tela y colocándolo abajo de la almohada donde la madre ha de dormir."

—"También en esa casa de la Calle 2, ya nacidos mi hermano y yo, una vez mis papás compraron una ardilla para tenerla de mascota y la pusieron en una jaula de finos barrotes de metal. Cuentan que la ardilla estaba muy nerviosa todo el trayecto de cuando la compraron a la casa.

En la noche, antes de que subieran a dormir colocaron un trapo que cubría la jaula para protegerla del frío, y siguieron escuchando a la ardilla saltar de un lado a otro de la jaula incesantemente hasta que se quedaron dormidos; sólo el eco nocturno siguió escuchando la adrenalina del roedor, saltos desesperados, de repente un agudo chillido y luego silencio...

La mañana siguiente muy poco ruido, blanca luz entraba de las ventanas, mis padres se levantaron de la cama, mi mamá se puso su bata con dibujos de flores violetas y bajaron al cuarto de lavado para ver al nuevo miembro de la casa. No oían ruido, afuera de la puerta de la cocina había una taza de cerámica blanca rota, era la última de esa colección heredada, mi mamá se agachó para recoger los pedazos. Mi papá se adelantó, entró al cuarto y vio el trapo cubriendo la jaula, pero se veía alterada su forma, como más grande de algunos lados.

Mi padre dijo: "Carmen, pasa algo."

—"Si yo también lo siento, esta taza estaba guardada en la vitrina con los recuerdos familiares desde la mudanza. Es la última taza del siglo XIX."

—"¿La habrán roto los niños?"

—"Michel no, tiene apenas 4 meses, y Vico tampoco creo, lo hubiéramos escuchado."

—"Ven, siento algo raro con la jaula."

Fueron a verla, se impresionaron al observar la jaula recorrida de su sitio, aún sin quitar el trapo que la cubría mi madre volteó a ver las llaves del gas de la estufa para ver si había alguna fuga que hubiera provocado tal estrés en el pequeño animal, pero todas estaban cerradas apropiadamente al igual que estaba apagado el piloto del calentador de agua.

Finalmente mi papá quitó el trapo de la jaula y una fotografía grotesca quedó impresa en sus memorias: los barrotes de la jaula habían sido doblados hacia afuera sin lograr romperse, como si la ardilla hubiera adquirido un volumen mucho mayor, creciendo su cuerpo, creciendo su cuerpo, deformándose y tiñendo los barrotes con sangre.

Como si no hubiera sido suficiente, parecía como si los barrotes de la jaula del costado que veía hacia la ventana hubieran sido levantados por la mitad de su longitud, hubieran colocado ahí a la ardilla y hubiera sido perforada volviendo a poner los barrotes en su posición original.

La ardilla había sido atravesada por su cuello y en los delgados barrotes corrían gruesas gotas de sangre, sus ojos casi expulsados de sus órbitas, su lengua estaba casi totalmente cortada y sostenida sólo por los dientes apretados, mostrando sus colmillos en señal de máxima tortura y miedo..."

—"Veo que sí tienes memorias de los mundos completos, ¿crees ahora lo que te pasó recientemente?"

—"Es que esto que le platico no me ha pasado a mi, le pasó primero a mi abuelo, después a mi padre y no a mí, y no a mí... hasta ahora ¡oh Dios!"

En ese momento comprendí, en ese momento tuve la oportunidad de hilar los eventos aislados, de entender mi herencia con los eventos de lo sobrenatural, de aceptar mi destino.

En ese momento respiré hondo, hondo cerré los ojos por tres segundos y expulsando con fuerza el aire de mi pecho los abrí.

—"Madame Kresnik, quiero aceptarlo y con convencimiento quiero creerlo. Podemos partir de ahí."

—"Mencionaste a tu padre y a tu abuelo, platícame exactamente qué contacto no natural tuvieron ellos, necesito saber el contexto genealógico de lo que te acecha."

—"Mi abuelo Manuel vivió de joven en las montañas de un hermoso pueblo platero llamado Taxco de Alarcón. Trabajaba en las minas extrayendo metales hasta el atardecer y para regresar a su casa tenía que caminar a través de las veredas de unos montes.

Cuenta mi abuelo que en una ocasión al salir de trabajar un poco más tarde de lo acostumbrado, caminaba solo de vuelta a Taxco y antes de llegar a una encrucijada de caminos cuando el sol ya se había metido pero aún no había caído la oscuridad, aunque iba solo sentía que alguien se acercaba. Aceleró el paso y en la encrucijada ya iba corriendo y rezando, no veía nada ajeno, solamente un gélido nerviosismo recorría sus brazos y su cuerpo.

Detuvo el trote para tomar una roca para defenderse de cualquier ataque y al tiempo que se levantaba miró para atrás y vio una dama blanca sobre la encrucijada observándolo silenciosa, tenebrosamente hermosa, fantasmal, no se le veían los pies, doncella que flotaba a unos treinta centímetros del suelo. El viento sopló, sus negros cabellos largos se movieron acompasados y un agudo llanto lastimoso se escuchó recorriendo el monte.

Mi abuelo dejó caer la piedra ahí mismo, con su mano derecha arrancó de su cuello el Cristo de plata que pendía de su cuello y lo apretó tan fuerte dentro de su puño que las uñas de sus dedos medio y anular se encajaron en la palma de su mano.

Corrió, no miró hacia atrás ni un segundo, corrió tan fuerte ignorando dos perros que le ladraban amenazantes a la entrada del pueblo, corrió hasta el atrio del ex–convento del pueblo, ahora iglesia, implorando protección al Señor del Santo Entierro.

Salió el sacerdote a abrazarlo, mientras tanto el acólito fue a su casa por mi abuelita quien fue a la iglesia también y una vez calmados y confesados, juntos se fueron.

–"Tu abuelo también tuvo contacto con la mirada, ¿alguna vez se enfrentó a su ser de miedos?"

–"No, creo que no, salvo este episodio de la Llorona, creo que no."

–"He oído hablar de la Llorona, alma del Viejo Mundo ¿no?

—"Hay varias versiones, una de ellas cuenta que era una hermosísima mujer, traicionada por su amado, quién la abandonó para casarse con otra dama, a pesar de que ya habían concebido tres hijos. Ella asistió a la boda sin haber sido invitada y salió de ahí en total amargura y desconsuelo para ir a la casa que él había comprado para ella y con un puñal asesinó a sus tres hijos.

Dándose cuenta de la enorme monstruosidad de su crimen huyó de la casa gritando y llorando con la más profunda tristeza y dolor. Fue capturada y ejecutada, su amado, en cuanto tuvo noticia de esta desgracia se unió a ella y a sus hijos a través del suicidio. Desde ese día la Llorona se ha seguido apareciendo en las regiones de México como una seductora y bellísima doncella que intenta atraer a los hombres en lugares desolados para consumar interminablemente su perpetua venganza contra el género masculino."

—"Bueno, puedo entenderla, hasta creo que me simpatiza. Pero, ¿tu padre no tuvo entonces contacto con la mirada? no entiendo."

—"¿Contacto con la mirada?"

De repente comencé a recordar las noches en que se contaban las historias de espanto cuando íbamos a acampar con la familia y con los amigos de la familia; había esta historia que mi padre contaba al final, sólo siempre y cuando se viera muy comprometido a hacerlo.

Yo no la quería contar en el tren, no quería pasar por ahí, pero me di cuenta que a medida que había ido contando las historias anteriores me iba sintiendo más seguro y "seguridad" era algo que necesitaba y necesitaría a partir de esos momentos.

Platicar con Madame Kresnik aquella noche abrió mi umbral de creencias, supe que las palabras de mi abuelo y las de mi amado padre eran ciertas, creí en la existencia y coexistencia de espectros y creí aún de manera empírica en la existencia de Mullo, en la no muerte, en la no vida, en los ritos de sangre, en que la secuencia de mis generaciones me habían marcado con vivencias de ancestros para creer y enfrentar a mi ser de miedos, mi sombra, a mi Vampiro."

–"¿Dónde andas Miguel? Estás disperso."

Me incliné hacia ella, mi miedo se estaba convirtiendo en morbo necrófilo.

–"Madame Kresnik, en la misma casa que le platiqué de la Calle 2, la de San Pedro de los Pinos, cuando mi hermano tenía escasamente un año y yo estaba casi recién nacido, ya le he platicado que la casa tenía 2 pisos, abajo se encontraban sala–comedor, cocina y el cuarto de lavado, y subiendo frente a las escaleras estaba la habitación de mis padres, junto a ella había un cuartito como estudio y en contraesquina estaba nuestro cuarto, el de los bebés.

Una noche, terminaron de cenar y subieron a acostarnos. Mi abuela, María de los Ángeles o Manena, como le decimos, estaba en la casa por esos días ayudando con nuestros cuidados. Yo dormía todavía dentro de la habitación de mis padres, me acostaron, arrullaron y trataron de dormir antes de que transcurrieran cuatro horas y me despertara llorando exigiendo mi alimento de madrugada.

Mi hermano se durmió profundamente, luego mi madre, después mi papá; la noche un poco calurosa corría tranquila, no se escuchaban ruidos en la calle, ni automóviles circular, ni gatos, ni gente, sólo transitaba la noche calurosa.

Un par de horas más tarde el sonido de una pisada en el piso inferior rompió el equilibrio del silencio, medio segundo después se oyó otro paso avanzar, y luego otro paso pesado sobre el primero de los diez escalones que conducían al piso de arriba.

Se oyó retumbando otra pisada en el segundo escalón, mi papá abrió los ojos súbitamente mientras oía el siguiente paso de alguien subiendo las escaleras, su instinto protector paternal inmediatamente le instó a saltar de su cama y a abrir la puerta de su recámara para sorprender al intruso, sin embargo, fue lo único que pudo hacer.

Durante el par de segundos que duraba el ascenso de los pasos sobre los escalones quinto y sexto, mi padre sólo estuvo impávido viendo aquella visión con forma de hombre avejentado, en traje de militar de alto rango, roído, rasgado, con pesadas botas negras subir peldaño por peldaño con la piel podrida, verdosa, cayéndosele en gajos, sin embargo, semejante postal de la muerte no hubiera sido tan asquerosamente horrorizante si aquel hombre no hubiera ido cargado su propia cabeza, pudriéndose su piel y su sangre, sostenida con su mano izquierda de la base del cuello y con la derecha apretando sus ensangrentados cabellos.

Este engendro fantasmal en descomposición lo miró vidriosamente, dio su paso al octavo escalón y miró fijamente a mi padre, éste logró dejar escapar un alarido de absoluto terror por su garganta y mi madre fue a asistirlo. Manena encendió la luz de la habitación de los bebés y salió a ver qué pasaba con él.

En el momento en que el espectro putrefacto hubiera puesto pie en el décimo y último escalón el piso de la casa se llenó de luz por Manena. Ella y mi madre no vieron ya nada, pero mi papá se quedó gritando por unos segundos más hasta que entre las dos lo calmaron, mi hermano llamó desde su camita "¿papá, mamá?" y mi abuela fue a traerlo al cuarto con mis papás donde no pudieron conciliar el sueño hasta pasadas las seis y media de la mañana.

Al despertar llamaron a la casera que les rentaba y le preguntaron la historia del lugar, la casera les dijo que la cuadra en donde vivían había sido construida al final del siglo anterior y había sido un cuartel militar durante la Revolución Mexicana, y que de hecho, los lugares que ahora ocupaban las dos casas que ella rentaba era donde fusilaban y degollaban a los prisioneros de guerra. Esa misma semana nos cambiamos de casa.

—"Miguel, ¿porqué habías ignorado todos estos hechos tan claros que habían marcado a tus antecesores y evidentemente tienen una gran influencia en tu vida? Sin embargo el cuadro no está completo, falta un elemento femenino en este tipo de experiencias para que afecte tu vida, si no hay dualidad no hay gestación."

—"Sí hay un elemento femenino de poderosa influencia entre mis antecesores directos, es un ser de gran protección a varios niveles."

—"Te escucho, continúa."

—"Precisamente mi abuela, madre de mi madre, María de los Ángeles, con gran conocimiento de lo metafísico, de lo exterior y de lo interior. Su sola memoria me tranquiliza, sus jaculatorias y lecturas aún ahora las sigo para sentirme seguro. Manena, estoy seguro que ahora es un poderoso ángel al igual que mi nombre."

—"Miguel, tu vida está completamente trazada, pero todavía no está completamente vivida. Tendrás que enfrentarte a tu ser de miedo, deja atrás el deber ser y el aprendizaje académico y resuelve los eventos existenciales no resueltos así como los del porvenir a través de lo que es, sólo a través de lo que es. Esa es la Realidad.

Todo indica que pronto conocerás vampiros, ya es inminente, el portal ha sido abierto. Ellos existen en diversas formas y conviven en ciertas latitudes del mundo, lleva siempre contigo las protecciones de tu abuela y enfrenta la vida aferrándote como nunca a ella, a final de cuentas piensa el porqué de este viaje a Europa, y de porqué este viaje de vida si no es para conocer mayores experiencias y adentrarte en mayores dimensiones.

La religión enseña que hay vida después de la muerte, por lo que debe también haber muerte después de la vida, en evolución.

A partir de hoy concibe el mundo diferente, concibe el mundo nuevo, es la única forma de que no te conviertan en mullo, ve a tu cita con el destino, escríbele a tu familia, dile que la amas, a partir de ahora, a partir de aquí ya jamás sabrás cuando puede ser tu último día. ¿cuál es tu siguiente visita?"

—"Viena, para transbordar a Budapest".

—"La vida es sabia, vas a su encuentro, no tengas mucho miedo sólo toma el necesario."

Diciendo esto, el tren entró a un gran palacio, la ciudad de Viena, a las 06:15 de la mañana, comenzaba a clarear. Madame Kresnik me indicó que iba a Bratislava y que no tenía nada más que decirme, sólo vio la palma de mi mano izquierda y comentó que me faltaba una línea, que esa línea la estaba escribiendo yo.

Me dijo también que ella podía ayudarme a retirar alguna mala fortuna de mi camino, sólo necesitaba tomarme un billete de $50 dólares y ella pondría ahí la mala suerte y se la llevaría. Lo hice así, le di el billete, no me sentí mal de darle el dinero, después de todo, era una Rom.

—"La Realidad es lo que es" dijo, y con esto se bajó del vagón.

– MAGIA PHOSTUMA –

La gente que dormía en nuestro compartimiento fue despertando, yo tomé mi mochila, tallé mis ojos y después de un amplio bostezo caminé hacia la taquilla de la estación.

Apenas me dio tiempo de sacar mi complemento de boleto para el EuroCity hacia Hungría, a las 06:46, por cierto el único que salía para Budapest de la terminal Sur a donde yo había llegado en Viena. El resto de los trenes llegaban a la estación Oeste.

Cerré mis ojos y abrí mis ojos, eran 08:58 a.m., estaban revisando los boletos del tren y pasaportes, en quince minutos llegaríamos a Budapest Keleti pu.

Bienvenido a Hungría – Magyarország.

Claramente influenciado por el desvelo revelador con Madame Kresnik, decidí documentarme mejor sobre el tema y los caminos que debería tomar. Inicialmente había querido ir a Hungría para ver los últimos reductos del imperialismo socialista con el que había tenido poco o nulo contacto, pero ahora era claro para mí que avanzaba a una de las regiones, si no es que la mismísima región, con mayor reputación de haber sido infestada con vampiros a través de los tiempos.

De hecho fue desde Hungría donde se propagaron los primeros casos de seres no vivos, no muertos, atrayendo la atención de toda Europa durante los siglos XVII y XVIII, en innumerables casos de ataques en las villas y en general en la provincia de los Magyars.

Busqué albergue en el primer hostel que encontré; lograr el almuerzo fue una verdadera victoria porque busqué algo rápido en un kiosco frente al hostel y la vendedora hablaba sólo húngaro, inglés ni para decir "tenkiu" y tampoco gota de español.

Todavía muerto de sueño, pero vivo de esperanza fui a los alrededores en misión de reconocimiento, a buscar información, primero llegué al Néprajzi Múzeum, Museo de Etnología, en la parte de Pest, Buda-Pest, otrora dos ciudades distintas divididas por el río Danubio, pero sólo hallé exhibiciones de cultura folklórica previa a la Segunda Guerra Mundial, y aunque fue interesante no era lo que estaba buscando.

Había una salita de cine en el museo y como el Séptimo Arte es para mí una gran pasión me asomé para ver la película. ¡Maravillado, más que maravillado y orgulloso me quedé de ver que proyectaban "Como Agua Para Chocolate" doblada al húngaro!. Curioso ver por allá a Lumy Cavazos y Mario Iván Martínez. No me quedó duda que dentro de muy poco Budapest sería otra ciudad globalizada en el mundo, esperemos sin embargo que siempre conserve sus apellidos.

Pero eso no era tampoco lo que deseaba encontrar, hallé cerca de ahí una hemeroteca, no tuve mucho éxito porque 90% de los ejemplares y guías también estaban en húngaro y el poco restante en ruso, por lo que decidí retirarme al instante.

Ya de vuelta al hotel me topé con un café internet, después de leer mis correos, con un poco de apatía solicité información partiendo de dos palabras clave: "Hungry vampire", ¿quéee? no, backspace, backspace, "Hungary, vampire", ahora sí, algunas ligas se mostraron a continuación:

–Hungary: Vampires Then and Now + Vampire Renaissance – ... called Rubick's Cube, and Edward Teller, whose theories and work helped create our modern horror – the nuclear bomb, Hungary also gave us the word vampire...
http://www.geocities.com/dracowylde/hungary.html
(Search within this site)

–Silent Vampire Movies – ... Doris Stapleton, Charles Raymond, Lola de Laine as Froggie the Vampire, synop-

sis.serial(12 episodes)) The **Vampire** (1920, Film Company: Metro) Drakula (**Hungary**...
http://www.uncc.edu/ltrobert/vampslnt.htm (Search within this site)

–Gabriel Ronay – ... Lord palatine's orders. She died, defiant and unrepentant, on August 21st, 1614. The **vampire** scandal shook **Hungary**. On royal orders...
http://www.**hungary**.com/hungq/no151/117.html (Search within this site)

–Dracula – The Vampyre Mith – ... merely the culminating work of a long series of works that were inspired by the reports coming from the Balkans and **Hungary**. Given the history of the **vampire**...
http://romconn.hypermart.net/dragon/**vampire**.html (Search within this site)

–VAMPIRES IN MYTH AND HISTORY – ... to come back. The Gypsy myths of the living dead added to and enriched the **vampire** myths of **Hungary**, Romania, and Slavic lands...
http://www.chebucto.ns.ca/~**vampire**/vhist.html

–Page 12 – Vlad the Impaler the Most Famous Male Vampire – ... Ford Coppola and the movie version of Anne Rice's novel "Interview With A **Vampire** ... At the same time the power of **Hungary** was reaching its zenith and would peak...
http://countdarkness.tripod.com/thenight/id6.html (Search within this site)

Hubo un texto sin imágenes que llamó mi atención, trataba de los casos de vampiros acontecidos de los siglos XVII al XVIII, que fueron examinados por los periódicos más reconocidos de aquella época, "El Glaneur Hollandois" (The Glaneur), y el "Mercure Galant", así como por los tratados de diversos expertos alemanes y teólogos, tales como Philip Rohr, Dom Augustine Calmet y Karl Ferdinand de Schertz. Estos documentos eran precisamente agua para mi fuente y con escrutinio electoral empezaron mis ojos a absorber información diversa:

"...la absurda naturaleza de estos incesantes reportes provocaron que tanto autoridades religiosas y seculares investigaran a fondo, dando como fruto de dichas investigaciones las bases del libro de Scherz: Magia Phostuma..."

Bebía a cántaros toda la información que podía, era vasta...

"...dentro de los casos más notables resalta el de los Vampiros de Hiadam. También se encuentra bien documentada la historia de Arnold Paole, el vampiro más mencionado del siglo dieciocho..."

No continué leyendo la información ahí, imprimí las hojas, pagué dos horas y fracción de servicio, como 700 florines. Ya había oscurecido y no había muchos edificios abiertos ya, en un café pequeñito pedí una *palacsinta* o crepa y un café con crema, saqué de la bolsa derecha de mi pantalón 350 florines y me fui caminando nuevamente al hostel.

Al llegar estaba trabajando en la recepción una húngara güera como de 23 años, de formas y proporciones muy atractivas, quien trabajaba el turno de las 8 de la noche a las 5 de la mañana y como forzándome a conocer a alguien de por ahí para poder presumir alguna conquista me puse a platicar con ella.

Me contó su desventura con un francés que le había dado alas y vivía con la vela prendida de que un día se la llevaría a París, ridículamente me sentí bateado, pero no le di mayor importancia y 24 minutos después me subí a dormir a la habitación compartida que me aguardaba al final del segundo piso.

Ya en la habitación, la cama no era muy cómoda, el edificio gris claro tenía un aspecto francamente frío, mucho concreto, mucha ventana, muy iluminada amarillenta la calle debajo y sin embargo con poco color. El cuarto tenía seis camas, de las cuales sólo tres, incluyendo la mía estarían ocupadas esa noche.

Me puse un pants blanco de algodón para dormir, el colchón estaba demasiado blando y yo demasiado cansado, sin embargo, aún con mis ojos cerrados tenía la mente bien abierta y mi consciente se resistía a ceder. Como estaba en un dormitorio con otros huéspedes no debía pararme y hacer ruidos, pero sencillamente no me podía dormir.

Hacía un poco de frío, decidí reincorporarme más a fuerza que de ganas porque desearía estar durmiendo como bebé. Destapé mis cobijas y me puse de pie, me acerqué a una silla de madera que estaba junto a la ventana grande por la que entraba la pálida luz amarillenta de los postes viejos. Me arrullaba el aburrido e incesante ronroneo de los viejos transformadores de luz pegados al edificio dos pisos abajo.

De mi mochila saqué las impresiones con la información de los vampiros de Hiadam y de Arnold Paole. Aunque quise tener todo el cuidado de sentarme despacio y en silencio sobre la silla, su madera crujió un poco en la quietud y uno de los huéspedes como que refunfuñó. Me limité a decir la disculpa local: "*Sajnálom*" y proseguí con mi lectura interrumpida acerca de los vampiros de Magyar.

En mi mente nebulosa de insomnio había creado un inútil, recursivo diálogo entre si eran vampiros de Hiadam o Haidam, decidí dejar mi disertación por terminada leyendo el tema.

Vampiros de Hiadam. Fueron diversos vampiros hallados en una aldea cercana a la frontera húngara, investigados en el año de 1720 por oficiales del Sacro Imperio Romano, supongo que serían algo así como los "expedientes secretos" del medioevo.

El resultado de la investigación es uno de los mejor documentados del vampirismo de la época. Comenzó una noche a la hora de la cena, cuando un soldado asignado a residir con una familia de campesinos locales vio un extraño entrar a la casa y tomar un lugar en la mesa ante el total estupor de los enmudecidos anfitriones.

A la mañana siguiente el campesino fue encontrado muerto, fue entonces cuando la familia confesó al soldado que el extraño que había cenado con ellos la noche anterior había sido el padre del campesino muerto diez años atrás.

El soldado, como era de esperarse, reportó este incidente a sus colegas, llegando hasta oídos del General de la localidad, el Conde de Cadreras, quien comenzó una investigación formal.

Se consiguieron los permisos necesarios y la tumba del padre del campesino fue exhumada, el cuerpo encontrado se halló en perfecto estado de preservación.

Pronto más voces que reportaban otros casos de vampirismo se escucharon, unos habían muerto hacía treinta años y habían vuelto para asesinar a tres elementos de su familia, otro fallecido hacía dieciséis años había succionado completamente la sangre y la vida de dos de sus hijos.

Fue decidido que cada uno de esos seres tenían que ser destruidos, el padre del campesino fue decapitado, al segundo le fue clavado una enorme estaca metálica en el cráneo y el tercero fue ejecutado por la vía de cremación.

Se hizo un registro completo de todos estos hechos, mismo que fue enviado hasta el emperador Carlos V, quien fuertemente impresionado ordenó otra investigación, esta vez incluyendo abogados, cirujanos y teólogos. La historia también se esparció porque el Conde de Cadreras compartió el caso a un miembro de la facultad en la Universidad de Fribourg im Breisgau en el corazón de la Selva Negra alemana.

Me quedé pensando un instante en las víctimas que habían escogido los vampiros de Hiadam; sus familias, ¿regresaron para torturarlos o para unirlos a ellos?, ¿los aman antes y después de la muerte o los aborrecen?, ¿porqué se rebelaron con tanta evidencia?

Mientras asimilaba si los Vampiros de Hiadam eran simples casos de venganza entre la misma sangre, empecé a escudriñar con mis ojos la segunda lectura: Arnold Paole, a grandes rasgos parecía que era un caso que acarreaba intrínsecos valores sociales maritales de la época, lo que me ayudó a ubicar mejor el contexto de su origen mas no el final del horror de lo que estaba por leer.

Arnold Paole. Es uno de los vampiros más famosos de la historia así como una de las noticias más difundidas de la época. Sucedió entre los años 1727 y 1728 en la aldea serbia de Meduegna, cerca de Belgrado, Yugoslavia, y posteriormente, hacia 1732 aparecieron secuelas epidémicas consecuenciales.

Muchos hombres de ciencia de Belgrado, cirujanos y oficiales del gobierno fueron solicitados a investigar, entre los cuales se encontraba Johann Flückinger, autor del informe *"Visum et Repertum"* (Visto y Descubierto), publicado en toda Europa y discutido en todos los estratos sociales.

Arnold Paole, miembro de la milicia, regresó a su aldea natal, Meduegna, en el año de 1727, después de estar en distintas misiones con su ejército, tiempo en el cual hicieron cuartel en Grecia y en los países que forman el Levante, situados en la parte oriental del mar Mediterráneo.

Su intención era establecerse tranquilamente a una vida apacible en Meduegna, sin embargo, sus vecinos comenzaron a verlo de forma sospechosa y empezaron a crear intrigas y prejuicios en virtud de que Paole no se mostraba interesado en la nada desdeñable Mina, hermosa doncella hija de uno de los campesinos más respetados del pueblo.

Obligado por la presión social de Meduegna, Arnold desposó a la joven Mina, sin embargo, era evidente el espacio y la sombra que acaecía sobre ellos.

Un día Mina, quiso enfrentar la situación con su marido y le preguntó qué era lo que le inquietaba, ella percibía el nulo reposo que tenía Paole durante las horas que corrían en su vida. Paole confió en Mina al sentir su preocupación genuina y le confesó que durante el tiempo que estuvo acuartelado en el Peloponeso griego fue repulsivamente visitado por un vampiro, luchando contra él y finalmente destruyéndolo.

Acto seguido, Paole renunció a la milicia y regresó a Meduegna sintiendo que cargaba consigo una maldición que lo acompañaría toda su vida.

Poco tiempo después, Paole cayó de una carreta que transportaba heno, permaneció desahuciado una temporada y posteriormente falleció.

Un mes más tarde comenzaron a difundirse historias entre los habitantes de Meduegna asegurando que Paole vagaba por ahí.

Los oficiales que vinieron de Belgrado sostuvieron una importante reunión y decidieron exhumar su cadáver. Al abrir el ataúd vieron su cuerpo recorrido hacia un lado de la caja, su quijada estaba abierta y los entornos de su boca tenían goteos y salpicones de sangre.

En aquella fría mañana gris, los oficiales del gobierno y un representante de la iglesia esparcieron ajo sobre los restos y clavaron una estaca en su corazón. En aquel mismo momento los presentes tuvieron que llevar sus manos a sus oídos, un par de campesinos testigos incluso se agacharon para esconder sus cabezas entre las rodillas y así tratar de no oír el más espantoso alarido escuchado jamás a través de los ecos de Meduegna, mientras la tierra contigua quedaba tintada con sendas manchas de sangre.

Cuatro cadáveres adyacentes sufrieron también la irreverencia de la exhumación, siendo clavados con estacas obtenidas de zarzas blancas antes de ser cremados junto a los aciagos restos de Arnold Paole.

Meduegna tuvo seis años subsecuentes de paz, sin embargo, el vampirismo resurgió para reclamar la sangre de aquellos serbios nuevamente. El aire volvió a ser perturbado, los pastos volvieron a sentir los pasos apresurados y urgentes de quien escapa frenético tratando de salvar la vida y muchos inocentes comenzaron a morir por hemorragias repentinas y moretones resecados.

El consejo de oficiales de Belgrado fue reunido una vez más. El extenso reporte que emitieron en esta ocasión trataba de una pequeña niña de diez años de edad llamada "Stanlo" y de una adolescente de diecisiete años hallada en "inconfundible" estado de vampirismo.

Acechadas y descubiertas por los gitanos locales, los Rom, sus cabezas fueron degolladas, quemadas junto con sus cuerpos y sus cenizas se arrojaron para purificación sobre el río Moravia...

Quedé muy sorprendido de la legitimidad con que parecen haber sido narrados estos reportes. Impresionado por los diversos datos y los detalles que incluían, se grababan en mi subconsciente y también en el relieve de mi consciente.

Me sentía agotado físicamente y muy nervioso en mi mente.

A la hoja siguiente me enteré que la especie más comúnmente encontrada en Hungría, es el "vampir", similar en todos los aspectos a la variedad eslávica regular, destructible por una estaca clavada en el corazón.

Una especie más oscura, sin embargo, es el *"liderc nadaly"*, cuyas depredaciones pueden detenerse únicamente perforando con un clavo su "sien" en dirección oriente a occidente.

Dato curioso, la tierra de los Magyars, Hungría, dio al mundo la palabra "vampiro", originado en la lengua Magyar.

–"Vampyr, vampiro, vampiros, liderc nadaly,..." me repetí en voz baja.

La noche había avanzado ya a su segunda etapa, y yo no había llegado a mi primera etapa de dormir. Me sentía mucho mejor documentado, sin embargo, ya quería cerrar mis ojos y tratar de no soñar. Me retiré de la silla, crujió otra vez contra el piso, pero el de la cama de al lado ya estaba perdido en los brazos de Morfeo.

Aún sostenía los papeles con mi mano izquierda, y al dejarlos sobre el buró ya para disponerme a dormir, de reojo observé un nombre al final de la hoja del frente: *Vampiro de*

Liébava, el nombre se me hizo muy conocido, tanto tren y tantos pueblos acumulados que quizás sería uno más pensé, con flojera me rasqué la nalga derecha y luego alrededor del ombligo.

Miré la ventana, el cristal estaba algo empañado, avanzaba el descenso de la temperatura; lo más silencioso que pude hice a un lado la colcha de la cama para meterme a las sábanas.

Estaba muy cansado, no podía sostener una lectura más, los relatos de vampiros ya no me estaban quitando tanto el sueño, ojalá tampoco me vayan quitando la vida, pensé. Acto seguido me persigné fatigoso con la mano derecha y para mí así transcurrió la noche de otro enrarecido día.

– Praha –

Podía haber tomado un tren directo desde Budapest hasta Praga vía Eslovaquia, pero no tenía visa para ese país, por lo que regresé a Viena en el tren de las 06:00 a.m., obviamente por atender mis 5 minutos más de sueño consentidor casi pierdo el tren, pero salió 7 minutos retrasado.

Ahora sí en este tren conocí la era socialista literalmente, así como los trenes que aún había en México construidos desde las épocas revolucionarias, éstos también tenían algo así como la edad de Stalin si estuviera vivo, no sólo estaba en un pequeño viaje de distancia sino también en una fracción de viaje por el tiempo.

El amanecer fue lento y sumamente brumoso, el tren se paraba en pueblos donde desde mi ventana sólo se podía ver niebla cubriendo valles de 500 metros, las copas de los árboles más altos y algunas casitas con improvisadas chimeneas humeantes lejos en las colinas, pero gente o ganado…nada.

Cuando clareó, el sueño de siesta finalmente me encontró.

Llegamos a Viena West pasadas las nueve de la mañana. El tren para la estación de Praga Holesovice saldría de la estación Sur en una hora y media, a las 11:25, y llegaría a la capital de la República Checa a media tarde.

No había fila alguna en la taquilla, compré el boleto y salí al metro a trasladarme; junto a la estación comí un desayuno de muffin con papas hashbrown y jugo de naranja. Enseguida abordé el metro.

Llegué a la estación de trenes a las 11:18 a.m., llegó el tren puntual, me subí y busqué mi asiento, buena suerte la mía: no había nadie más sentado en los 2 lugares contiguos. Me acosté a lo largo y ahora sí, con suficiente luz de día me quedé profundamente dormido y si es que soñé no me acuerdo.

Largos los rieles para llegar a Praga, lugar enclavado en los centros de la magia.

Mi siguiente momento fue cuando un guardia fronterizo me despertó, con cara seria y áspera me pidió mi pasaporte. Yo todavía con ojos entrecerrados por el desvelo acumulado se lo di y al ver que mi documento era de México de pronto sonrió y repitió "Mejico mmh, Mejico", al parecer no veía muchos de estos y me lo dio de vuelta.

Fui al baño del vagón a lavarme la cara, los dientes y a pasarme el cepillo por el cabello, mientras lo hacía pensaba en los días bizarros que había tenido desde Florencia, la figura de Venecia, la plática con la gitana, todo en general, la atmósfera ácida que venía respirando comenzaba a volverse habitual a mi percepción. "Hasta no ver no creer", dijo Santo Tomás, y yo ya había empezando a ver.

Me hallaba en un paraje sumamente particular del mundo, la bohemia checa, desde Viena el tren había atravesado la frontera a través del aún austríaco Gmünd y cruzado por las poblaciones de Veseli nad Luznici, donde subió una familia de padres y un hijo ciegos; después Tabor, Konopiste y finalmente a media tarde Praha (Praga).

Praga, versa la leyenda que la princesa Libuse estaba en Vysehrad sobre el río Vltava (Volta) y dijo "*...veo una ciudad cuya gloria tocará las estrellas, será llamada Praha...*" y así dio origen a una de las capitales más esplendorosas, y definitivamente la más mágica del Sacro Imperio Romano.

Praga es un lugar de encanto medieval, de definitiva leyenda, de impresiones góticas, de torturas, de sadismo inmensurable, de duendes, de invasiones, revoluciones continuas y defenestraciones.

Una ciudad de esplendorosas historias arquitectónicas, pero también de fuerzas oscuras yaciendo en sus empedrados callejones, ciudad de amor, de romanticismo supremo, de demonios, de miedos. Ciudad con los sitios y visiones más mágicos hasta entonces vistos por mí: el puente sobre el Volta, Karlúv Most o puente del Rey Carlos y las fascinaciones de luz que observé desde ahí.

Como era mi costumbre en Europa, busqué primero un hostel donde dejar mis cosas, miré la guía y me llamó la atención uno con nombre de bufón, convertido en un edificio Zizkov del siglo XIX.

Llegué y me registré, me condujeron a una habitación compartida ubicada en los áticos superiores, lo que la hacía especialmente rara y diferente, como la ciudad.

Sentía que tenía aún bolsitas de cansancio en los ojos, ardían un poco, me los tallé. Me instalé y salí a comer algo rápido, cerca del metro encontré *hótova jídía*, es decir, el equivalente de bueno, bonito y barato en checo, sabor extraño pero bueno y un café negro.

Antes del anochecer fui a caminar por el Karlúv Most, aún había algo de luz y empezó a caer una brisa que me brindó dos espectáculos visuales:

El primero era una chica local, con un rostro exquisitamente interesante, precisamente europeo oriental, con un vestido ligero blanco que dejaba ver la parte baja de sus piernas y sus rodillas perfectas; vendía cuadros de la vista de Praga desde el puente. Por la brisa que no dejaba de caer colocaba rápidamente un plástico para cubrir sus obras. Aún con toda su prisa accedió a tomarse una foto para mí.

El segundo espectáculo, más bello aún, era el conjunto regalo de agua y luz sobre el cielo, la brocha de siete colores se alzaba a media altura y casi sobre ella otra igual ¡dos arco iris inmensos, majestuosos, coronarios! La postal del cielo era esa tarde vasto azul, siete colores, franja azul y siete colores más hasta perderse en el azul difuminado hacia una inminente noche hermosa.

El Kárluv Most con su hilera de esculturas, sus cúpulas y torres góticas. Los óleos del puente, en lluvia, en sol, en amanecer, las piadosas imágenes de Jesucristo en la cruz, y el río Volta que aguarda y transporta una quieta magia en sus conducires sin olas; un protector de espada dorada al extremo del puente para que no sea cruzado por malos espíritus, y el músico sólo con sus mil instrumentos dando coros de nostalgia a través de una pequeña trompeta y un laúd, tonificando la tarde, sus notas cayendo como hojas secas hasta posarse en el dulce efluvio del río que nos transcurre debajo.

La soberbia vista del castillo con sus techos verdes, gótica, gótica; más esculturas al seguir caminando, la historia de las luchas sobre este puente, las nubes bajas y pesadas que van anunciando la tarde junto al andar autónomo de mi poca sombra que quiere aún extenderse larga, alargándose hacia la salida del puente.

Y el agua del río recibe las caricias del dorado que aún no muere, y suave, acústica suave que lentamente me va sugiriendo a aquel otro reinante: waiting for the sun, waiting for the sun, waiting for the sun, waiting, waiting, waiting, waiting, waiting for you to come along, waiting for you to sing my song, waiting for you to tell me what went wrong, waiting, waiting, waiting, waiting.

Después del mágico puente, lugar más mágico de mi vida, caminé hacia Malá Strana, y encontré un gran marco de madera que mostraba la entrada a un umbral donde Praga posee un punto de encaje con el absoluto mundo de la fantasía, un umbral disfrazado de tienda de arte: "Legenda Argondie, Magicka Jeskynë: la Gruta Mágica", misma que debe ser visitado como se visita un sueño.

Al centro de dicha entrada un gran rostro en relieve sobre la madera, un ser antiguo, figura masculina de hombre con ojos cerrados, porque lo esencial a descubrir en la Gruta Mágica es mucho más que pinturas, tal cual sentí el umbral a un orden de seres paralelos donde ninfas y sátiros son perfecta realidad y nosotros humanos lineales somos quienes encabezamos la más imaginativa de las mitologías.

Entré a través de la puerta resguardada por gárgolas y rostros secos, dentro pude observar, absorberme en el pentagrama donde Enya escribe el fluir de sus notas, de entrada un primer cuadro, el rostro de un hombre viejo al cual le ha quedado colgante una máscara de madera vieja descubriendo sus verdaderos ojos, y aún cuando la expresión entre máscara y faz es la misma, el rostro simplemente se ve más verdadero; empezaron a circular ante mí parajes de caras y más rostros, suaves plantas, grandes árboles con facciones, burros y caballos erguidos bajando las escaleras del sendero de los tallos de los hongos, el puente de madera de cellos, de violines y las ninfas blancas que vuelan recostados sobre ellos.

Las columnas de la Gruta son seres también, frondosas raíces que son personas habitando, sosteniendo el gran árbol y mostrando bajo su túnica de pliegues rostros secos dentro de su pecho tratando de mostrar el corazón.

La siguiente etapa de la gruta muestra un equino femenino que transporta también una delgada ninfa recostada en su lomo, despreocupada andan junto a un hombre marino acompañándola sobre su dorado hipocampo más allá de la ruta de los violines y los cellos, mientras son observados por un rostro mayor, ojo inexpresivo, sólo pasando frente a él.

Ahí llegaron dos seres azules, acuáticos, el rostro del hombre marino envuelto por las burbujas de una gentil serpiente y una ninfa musical azul tocando la flauta, mirando la hermosura.

El arribo de más seres fue orquestado por un par de unicornios, barcos, arpas, puentes de espiral, caracoles, una conjunción mágica, un concierto y los caballos cabalgando por el arco hacia la luz, los sátiros observando la violeta desnudez de la ninfa dormida de vino.

Bodas de bestias y bellas, ninfas que disfrutan siendo observadas mientras descansan a las raíces de los árboles con rostro y bajo el agua tiene lugar la coronación volando sobre aves doradas.

Otra columna con rostro, ahora uno expresivo y una mujer que se recuesta hasta la orilla de una roca plana tratando de asomarse a nuestro mundo, lo recuerda.

La mujer favorita de la gruta, los marcos de musgo, los duendes, la cabellera que es hojas secas, las ninfas perfectas y la escalera que resguardan gárgolas y pequeños dragones mientras el par de caballos quieren ascender a la luz.

Abajo sigue el festín del vino, los sátiros, y ahora han llegado algunas mujeres flotando dentro de una burbuja, y más sátiros emergen de lo marino en una balsa de peces y velas roídas.

Magicka Jeskynë, la Gruta Mágica, es un sumario de lo que habita alterno en Praga, de lo que hemos dejado de ver, de lo que hemos cesado de ser, sólo está ahí ahora como evidencia para mostrar la alternancia de los tiempos pues la realidad que entonces tiene lugar ahora tiene que llegar hasta aquí aparentando una turística galería.

Pero no lo es, existe el burro con su collar de hojas y la pareja que se ama sobre su cabeza, la ninfa, el bosque de los árboles con rostro, la mujer que se ha desarrollado hermosa dentro del tronco de los manglares y ahora está madura para salir, el búho, la mascarada sobre el túnel de la media luna, la pareja siempre observada por los árboles y al final de nuevo sonriendo el rey de lo azul acuático con su cabello de pescado dorado.

Una mujer esfinge con sus senos hermosos cuestiona la llegada de los demás participantes que se acercan por el lago; el pez sostiene en su cabeza un reloj de arena en horizontal y vacío, más arriba una vela recién apagada aún humeante se sostiene de un acantilado y la embarcación de reptil y de mujer permanecen en el puerto con paciencia.

Otra vela con llamarada anuncia la llegada del carruaje de una ninfa, y en la mascarada se deleita observando una rana dentro de aquella burbuja, los naipes rosas, los caballitos del tamaño de una mano y todo queda coronado con el retrato de las nupcias de la más extraordinaria ninfa con el rey quien es un gato parado.

La carroza de la ninfa llegó al imponente castillo de madera, todavía viene dentro de la corteza de un árbol con rostro, pero su pureza, su desnudez y su paciencia le hacen sentir feliz.

Finalmente, más árboles dan fe, más árboles ninfas en las matrices de sus gotas colgantes, más sátiros y equinos bebiendo vino, más antorchas, más peces y notas de arpa marina, algunas sirenas, hipocampos, hombres pájaro y rostros de sabiduría en los árboles o en los tallos de los frutos, el lago y sus colados de luz, los botes unicornios y el par de caballos mirando finalmente el atardecer cuando a su lado está tirado el reloj de arena sin avanzar, sin retroceder, tal como la Magicka Jeskynë, Gruta Mágica sin tiempo, con soles fuera y dentro, arriba, abajo, desnudos, sin abominación, convivio armónico perfectamente fantástico y fantásticamente perfecto.

Deambulé por ahí entre las calles de la ciudad un par de horas más, ahora sentía mucha hambre y cerca del hostel, a unas cuatro cuadras vi un restaurant de comida china. Devoré unos fideos secos con alto contenido de jengibre y un par de cervezas Hsintao.

Al volver al hostel vi letreros que anunciaban un tour por la ciudad, lo tomaría al día siguiente. Subí a mi ático, era tarde ya. Aprovechando la soledad de las regaderas a esa hora me di un duchazo fresco y por fin una noche de franco descanso me cubrió.

El siguiente día seguí tratando de beberme toda esta bohemia y anduve tratando de develar otros secretos de esta ciudad, así supe de algunas oscuras leyendas que en ella pernoctan por su largo y nutrido haber, llamando particularmente mi atención la del ser creado en la judería a finales del siglo XVI: el Gólem.

Eran los tiempos de Rodolfo II de Habsburgo, por efecto de su influencia Praga se encontraba sometida a la jerarquización de las disciplinas iniciáticas como la alquimia y la magia, tiempos en que en la llamada callejuela del oro, entonces abarcada por los terrenos del castillo, los alquimistas tenían sus talleres para tratar de encontrar el metal que pudiera ser transformado en la ambición áurica, viviendo también bajo su protección magos, alquimistas y cabalistas provenientes de toda Europa.

Entre los personajes de dicha callejuela del oro destacaba quien, por aquel entonces era considerado uno de los cabalistas más respetados: el mítico Rabí Lew. Los judíos de Praga contaban una extraña historia sobre él.

Rabí Lew era un erudito estudioso del Talmud, un día decidió imitar los pasos de la Creación aunque sin llegar a terminarla. De acuerdo a dicho sagrado libro las primeras doce horas del primer día de Adán habrían transcurrido de la siguiente forma: "...en la primera hora la tierra fue aglutinada; en la segunda se transformó él en un gólem, una masa todavía sin forma; en la tercera fueron estirados sus miembros; en la cuarta se inspiró el alma; en la quinta se puso en pie; en la sexta dio nombre (a todos los vivientes)...", pero el conocimiento de Rabí Lew tenía limitaciones humanas y por ello su obra quedaría inacabada, imperfecta, el cabalista sólo pudo inspirar en él un nephesh, una suerte de hálito vital, marcado por una carencia de espíritu.

Creó así un ser de barro, el Gólem, a quien dio vida colocando sobre su frente un pergamino con la palabra hebrea "emeth": verdad.

Cada viernes el rabino borraba la primera letra de la palabra para que en el pergamino se leyera "meth": muerte; de este modo el ser perdía sus propiedades vitales y volvía a transformarse en una inerte masa de barro. Sin embargo, un viernes olvidó borrar la letra inicial del pergamino...

Rabí Lew se encontraba en la sinagoga en la lectura del salmo 92 "la Gloria del Dios Creador", cuando una serie de gritos provenientes del exterior lo alertaron sobre los desastres que su propia creación estaba haciendo en la judería. El ser se había liberado de sus ataduras y había comenzado a sacudir violentamente los cimientos de las casas.

Después de una larga y fatigosa lucha, Rabí Lew logró transformar la emeth en meth para que el peligroso ser se quedara nuevamente como una masa inerte de barro.

Aparentemente sin darle mayor importancia al asunto atendió a la lectura del Salmo 92 y ordenó que se leyera por segunda vez:

Salmo 92
Gloria del Dios creador
El Señor reina, vestido de majestad,
el Señor, vestido y ceñido de poder:
así está firme el orbe y no vacila.
Tu trono está firme desde siempre,
y tú eres eterno.
Levantan los ríos, Señor,
levantan los ríos su voz,
levantan los ríos su fragor;
pero más que la voz de aguas caudalosas,
más potente que el oleaje del mar,
más potente en el cielo es el Señor.
Tus mandatos son fieles y seguros;
la santidad es el adorno de tu casa,
Señor, por días sin término...

Así, desde entonces, aún ahora cada viernes, en la sinagoga Alt-New de la judería de Praga, la lectura del salmo 92 se lee dos veces de forma intencional.

Los restos del Gólem fueron ocultados en el desván de la sinagoga. Varios años después el rabino Ezequiel Landau subió al desván para ver sus restos, cuando bajó de ahí, terminantemente prohibió que nadie, en el futuro, volviera a entrar en la habitación. Mandato que no surtió el efecto necesario, pues es sabido por los abuelos y bisabuelos de la bohemia checa que cada 33 años, el Gólem se deja ver rondando las callejuelas de Praga.

Otra importante página es la de las "defenestraciones", es decir, eventos provocados por la ira del pueblo que consistía en que arrojaban a sus oligarcas por lo alto de las ventanas de edificios del gobierno.

La historia registra que la primera tuvo lugar en 1419, provocando el estallido de las llamadas guerras husitas, comandadas desde luego por Jan Hus, de la aún sin saberlo, naciente iglesia protestante. Los amotinados, simpatizantes con la ideología husita arrojaron por las ventanas del ayuntamiento de la Ciudad Nueva Praguense al alcalde local y sus concejales.

A diferencia de esta primera defenestración que finalizó con la muerte de los arrojados, la segunda, que tuvo lugar en 1618 en el Castillo de Praga, se destacó por un desenlace menos carnicero y más cómico, pues los arrojados cayeron ilesos sobre un basurero de estiércol en el foso del Castillo. Se dice que los "defenestradores" eran nobles protestantes checos y los "defenestrados" dos empleados de la Oficina Real y su escribano, pero esto es sólo la publicación autorizada de los libros.

La segunda defenestración pudiera ser como lo marca la historia, sin embargo qué nos garantiza hoy en día que esa sólo fue la historia oficial, la dictada por los gobiernos, más aún durante aquellos calendarios, más aún cuando los registros necesitaban ser escritos por el todopoderoso rigor de la iglesia.

Seguramente fueron expulsiones por las ventanas, pero ¿a las oligarquías gobernantes?, ¿qué temores habitaban detrás?, ¿sólo hambre?, ¿en esta tierra bohemia pletórica de realidades alternas, donde a través de los tiempos han interactuado creaciones con o sin alma cruzando umbrales hasta darle un sello significativamente distinto de las regiones de Europa?

Quizás fueron terrores más fundamentales que la política lo que llevó a la población al arrojo de las oligarquías, cuando la gente de los siglos XIV, XV y XVI reaccionaban mucho más por la superstición sobrenatural, que por las falacias políticas...

Por esos tiempos estaba ya muy sugestionado, fantaseaba frecuentemente con los seres de planos alternos para tratar de pensarlos "naturalmente", de hecho creo que pude reconocerlos en Viena inmediatamente, las luces, los palacios, las vistas, la elegancia en el vestir, pero aquí, en la ciudad que voy dejando atrás, Praga, no fue tan fácil. Ciudad pequeña, hermosa, ¡muy hermosa en realidad!, pero aunque hay mucho turismo alrededor, eventualmente caminar a través del Puente del Rey Carlos después de medianoche, es muy público y definitivamente a los oscuros no les gusta tener audiencia.

Después de haber estado ahí pensé que tal vez todas esas acciones de tortura pública que tuvieron lugar en Praga durante la Edad Media sobre la plaza principal tuvieron la intención de ahuyentar las criaturas de la noche, tal vez las "defenestraciones" fueron no solamente rebeliones contra la oligarquía, tal vez era la locura de un pueblo que no podía dejar de atormentar sus sueños al tratar de dormir y muy desafortunadamente al despertar, enfrentar las noticias de que en las villas cercanas, un conocido, un familiar, mi hija adolescente y la próxima vez yo, hayamos sido ahogados en la milagrosa sustancia de la sangre durante el transcurso de las sombras de la noche.

Breves mis visitas pero largas estadías, volví a Hoselovice para coronar estos caminares europeos. Ahora sí ya había estado en Praga, en Budapest y sólo había transbordado por Viena. Mi caminar por las capitales máximas de los Imperios Medievales del Austrohúngaro estaban incompletas sin la Ciudad Palacio.

– Lorenz, Clemenz –

Fue muy gracioso en Viena, la tercera y definitiva ocasión que pisé esas banquetas imperiales y salté al metro, uno de ellos, un joven apuesto, me vio al mismo tiempo que yo lo miré a él. Se rió, sólo se rió, no sonoramente por supuesto, pero lo hizo, yo me había percatado de él y él sabía que ya lo había visto yo también, más o menos como esos juegos mentales de decisiones en los que él sabe que yo sé que él sabe y así... no hizo nada más, él ya estaba sentado, acechando con su mirada, pero sin construir una telaraña, ni una trampa ratonera, sólo quería un rato inocente de observación y unos momentos de risa silenciosa, eso fue todo.

Salí de la estación del metro cerca de las 23:10 y ahí tenía que buscar la casa de Lorenz, la cual debía estar "dando vuelta a la esquina", ¡pero yo no sabía de cuál de las cuatro esquinas!. Me sentía con buena estrella así que decidí probar mi suerte, ¡deseando no tentar mi destino!, y comencé a caminar algunas cuadras.

Pregunté por la dirección en un puestecillo callejero de comida rápida para la trasnoche, la respuesta fue en alemán por supuesto, pero estaba en el camino, las señales eran muy fáciles de seguir, y seguí caminando mientras buscaba el letrero de la calle Edelhoffgasse a dos metros de altura en cada pared. Los trucos de los vampiros son curiosos, mientras camino pienso que se divierten mucho con ellos, no sé si cambian el nombre de las calles o los números, pero te hacen sentir la sensación de que has estado caminando en círculos sin llegar a ningún lado, es chistoso una vez que te das cuenta de que están jugando contigo, pero estoy seguro que la mayor diversión es la que experimentan ellos, mayormente cuando pueden observar desde las ventanas altas cómo caminas por las calles oscuras como una presa creyendo que estar perdido en el Palacio Gótico es diversión...

Fue entonces cuando tuve esta señal positiva, una clínica de la vista con un letrero de luz de neón verde con la palabra "Lorenz", representando para mí cierto alivio. La siguiente cuadra se llamaba efectivamente "Edelhoffgasse", ahora sólo tenía que buscar el número 8134, así que caminé siete pasos hacia la esquina y encontré estas letras negras señalando una casa como ¡¡¡*Edelhoffgasse número 1*!!!. El siguiente número era tres y el siguiente cinco, ahora el juego mental no me resultaba tan divertido, no me resultaba divertido en absoluto.

Así que antes de caminar trescientas cuadras para encontrar el número 8134 sólo di trescientos pasos hacia atrás a un teléfono público y marqué su número; a veces usar herramientas básicas del siglo XX para combatir sus trucos puede ser efectivo, y lo fue.

Fresca noche oscura, no parecía una noche de hambre...

Lorenz estaba en su casa, y me dio la dirección correcta, la cual era Edelhoffgasse 8, departamento 134; 369 pasos adelante, así que me encaminé, entré al edificio y al elevador.

—"Tú sólo métete en el elevador y yo te subo", dijo.

Su departamento era el Pent House, en el elevador no había botón alguno para llegar a él, sólo la entrada para una llave, pero él me había indicado que me subiría.

Lorenz resultó un buen tipo, más joven que yo e independiente en el estilo europeo tradicional, enrolla sus propios cigarros, hierve su propio café y hornea sus propias pizzas; un rasgo en particular es que está muy bien capacitado en técnicas de comunicación, desde su conversación simple hasta la redacción de un e–mail a larga distancia.

En su casa había también otro austríaco interesante: Clemenz.

Buen tipo también, optimista, joven y gótico, muy gótico; él siempre viste de negro, todo negro, de los zapatos y calcetines, a los guantes y el sombrero. Muy interesante también, cuando llegué estaban trabajando en la tesis musical de Clemenz, la cual tenía que ser entregada al día siguiente.

Lorenz me enseñó mi cuarto, el cual era el que pertenecía a su hermano Valentín Seidler, un amigo mío que estudiaba en México en aquel tiempo... México, esa palabra mágica lleva un significado diferente cuando mis pensamientos la pronunciaron en aquellas atmósferas.

El cuarto era agradable, un saxofón y algunas partituras sobre una silla. Había también una partitura que de alguna manera no encajaba con ellos pero sí conmigo: "Fools rush in", sin embargo, la mejor parte del cuarto era enorme póster de tres metros de alto de una mujer austríaca en lencería estilizada con el color rojo muy subido rodeándola totalmente.

Sólo había una regla en la casa de Lorenz: sin zapatos. Todo el piso tenía madera o estaba alfombrado, quizás los vecinos del piso de abajo no deberían ser despertados...

Lorenz me dejó sólo en mi cuarto y yo desempaqué sólo las ropas y artículos personales necesarios. Más tarde me incorporé a su trabajo en la computadora, principalmente para conversar y convivir un poco. Mientras caminaba entre las angostas paredes blancas sobre el piso de madera y alfombra la evidencia ante mí fue brutal: la fotografía de un vampiro enseñando sus dientes justo a la cámara y otra de un vampiro mordiendo el cuello de una escultura blanca. Me aproximé a la pared sin poder creer mi suerte de encontrar semejante coincidencia justo afuera de mi habitación.

Caminé hacia las fotos y las observé cuidadosamente, era Lorenz en disfraz, vestido como lo hacemos nosotros para las fiestas de Día de Muertos. Creo que su mamá trabajaba en una agencia turística o algo así y organizaban cenas temáticas para turistas. Me parece que la cena del vampiro tiene lugar después de ver la obra musical "Vamp", basada en el film de Roman

Polanski "La Danza de los Vampiros" y musicalizada con temas de Meat Loaf... un eclipse total: eso es un vampiro.

Cenas temáticas de Viena, temática vampírica y la suerte en casa del hermano de mi amigo de la maestría.

Platicábamos Lorenz, Clemenz y yo; no, más bien ellos dos y yo observaba su dinámica. Planeaban la presentación del trabajo de Clemenz, y lo hacían de manera divertida: jugaban con los tipos de letra y con los tamaños, el clímax creativo de la presentación se dio cuando decidieron poner una letra gigante por hoja, a mi gusto desbordaban originalidad:

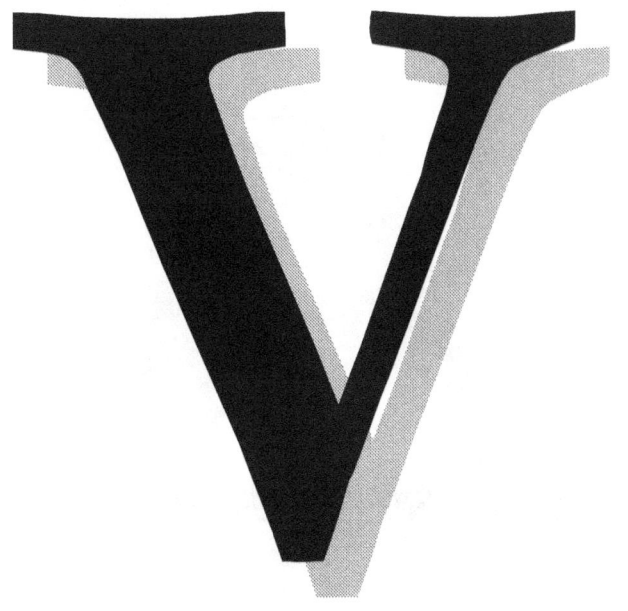

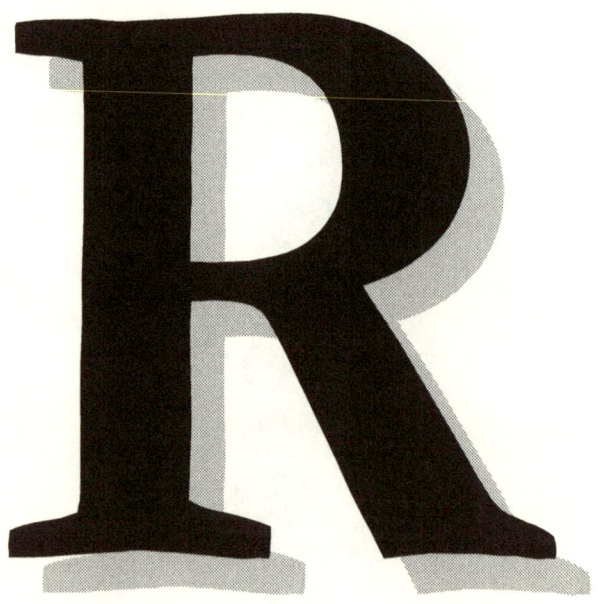

Mientras Lorenz auxiliaba a Clemenz preguntó si queríamos pizza para cenar, dijimos que sí, abrió un vino Merlot para darle un poco de aire, enseguida sacó y acomodó masa para pizza, encendió el blanco horno de gas para que fuera tomando la temperatura adecuada y le pregunté:

¿Vas a preparar tú la pizza?

Mirándome con ojos de obviedad contestó:

¡Claro! ¿O qué debería llamar por teléfono para que alguien me la traiga hecha?

No cabe duda que la obviedad es relativa dependiendo del meridiano.

Volvió a la preparación; agregó salsa de jitomate con especias y aceite de oliva, tres excelentes tipos de quesos alpinos, aceitunas negras, rebanó y cortó algunos embutidos y los colocó sobre el producto para lograr un caleidoscopio culinario europeo.

Comí tres rebanadas, Lorenz también y Clemenz se abalanzó sobre la "huerfanita" que sería su cuarta cuando ya bebíamos la segunda botella de Merlot.

Lorenz pesaba grano molido sacado de un botecito dorado impreso con plateadas flores de lis para preparar cafés expressos, de otro botecito similar sacó un poco de yerba y fino papel blanco para preparar un cigarrito, lo enrolló y encendió, después de un par de fumadas empezó a preparar otro y me preguntó si quería, si lo acostumbraba, en ese entonces le dije que en caso de fumarlo sería mi primer cigarro de yerba y me contestó:

—"Entonces no; no es buen material como para comenzar." Y le pasó el cigarro a Clemenz quien se disponía a regresar a la computadora.

Los siguientes cuarenta minutos fueron más de pan con lo mismo, me despedí por el día y me fui a dormir. Una vez en la habitación que era seducida en continuo por el gigantesco póster de vivo rojo con la mujer en lencería me desvestí y vestí de dormir y como cama mágica caí rendido de sueño pero con una sensación medio incómoda de sentirme observado o vigilado pero no sabía por qué ni por quién, era sólo como un miedo interior que había ido acumulando.

La mañana siguiente fui a conocer la ciudad palacio, sus parques, museos, majestuosidad imperial, clásica, musical, absolutamente soberbia, y por supuesto podía haberme perdido todo, todo Viena, excepto Vamp...

Salí de la obra imbuido, seducido de vampirismo, en verdad tienen aquí su sed y sus sedes, regresé a casa Seidler en Edelhoffgasse aproximadamente a las 9.30 de la noche. Lorenz estaba ahí con otra botella de vino mientras le platicaba de mi paseo por esta ciudad palacio y llegó Clemenz, nuevamente todo en gótico negro, se quitó el sombrero y los guantes, me platicó que venía de ver a una chica a la que le llevaba unos cinco o seis años y no sabía si seguir adelante con la relación, yo le recomendé que sí y pareció animarse, no sé si por el consejo o porque ya iba en la segunda copa de alcohol en menos de veinte minutos.

Lorenz buscaba algo entre sus discos compactos y encontró uno que sin duda alguna acaparó mi atención por el resto de la noche: el cd de la obra musical que yo acababa de ver, fue a su consola de música por un cassette para grabármelo, y yo feliz.

Después de escuchar la musicalización de la obra, tras unos buenos tragos de tinto, me fui a dormir, al día siguiente partiría de Viena para Amberes a preparar un trabajo de la Maestría y exámenes. Iba un poco mareado, pero llevaba la obra dentro de mi cabeza una y otra vez. Dentro de mis sueños vino a mí Madame Kresnik ataviada con un vestido azul turquesa, y empecé a hablar con ella en un lenguaje báltico fluido.

En mis sueños me di cuenta de que estaba hablando algo que no conocía pero que parecía entender muy bien y me sorprendí que dentro de mi mente supe que estaba soñando. Entonces desperté, me dolía la cabeza y sentía algo de náusea que me provocaba toser muy hondo. Llevé mis manos a las sienes, me destapé la cobija y me senté en la cama. Sentía haber dormido muchas horas, muchas, quise ver cuántas pero a oscuras tientas no encontré mi reloj, de cualquier forma no podían haber sido más de tres.

Prendí una lámpara de buró que estaba junto a la cama, tomé mis lentes que estaban junto a la base de la lámpara, la cerámica de la lámpara se sentía muy fría; estiré mis brazos para tomar de mi mochila junto a la cama mi libreta de viaje con la pluma atrapada en su espiral y como obedeciendo un dictado comencé a escribir:

Abril 16, 1999

¡Los encontré!

Finalmente los encontré, están en Viena.

Los más glamorosos y al mismo tiempo discretos.

Después de todos estos años de palacios reales impresionantes, majestuosos, de imperio invencible, y tras la guerra silenciada se clavó en Viena el poder de los Vampiros. Konditori, Cafés, Parques, aquí todo está listo para su noche.

Hace décadas abandonaron las debilitadas luces de París, para ellos que eran muy soberbios la ciudad se había vuelto muy corrupta, y ahora, hoy, sobretodo hoy ellos viven en Viena, pero con mucho cuidado permanecen sin intenciones de llamar la atención, sin ocasionar conflictos, sólo están ahí, colgados de los techos y alimentándose, alimentándose.

Finalmente los encontré, pero en estos días ellos no pretenden asustar a nadie, ni alcanzar el rango de leyenda, de demonio, o de amos, simplemente quieren disfrutar de sus gustos refinados y repeler a quienes o aquello que los pueda tornar sucios; ellos son soberbios y sólo se importan a sí mismos, no los encontrarás volando.

Estos días ellos continúan haciendo lo que siempre hemos sabido sobre ellos: duermen toda el día y se alimentan de noche con ejemplar discreción, probablemente como una invitación secreta hacia su eterna pesadilla.

Terminé, la inspiración me cubrió hasta que fui confeso a través del escrito anterior. Me incorporé para ir al baño, bostecé, me estiré, me sentía raro, la noche tenía una atmósfera distinta, más densa, abrí la puerta del cuarto y sentí del pasillo ese olor a viejo que expiden algunos refrigeradores al ser abiertos. Me dolía impresionantemente la cabeza y empecé a sentir mi aliento muy seco y hasta caliente.

Duré seis minutos en el baño desde que entré hasta que me sequé las manos, pensé en ir a buscar a la cocina una aspirina o algo pero dudaba porque a final de cuentas ésta no era mi casa y no quería alguna malinterpretación.

Abrí medio rechinante la puerta y vi el pasillo mucho más oscuro, con sombra, pero también había un descubrimiento que se revelaba a mí, afortunado o desafortunado inclusive ahora no lo sé, sólo sé que aconteció ante mis ojos una hilera de luz: a lo largo del pasillo había velas negras encendidas apartadas cada diez centímetros, que continuaban por todo el perímetro de la casa sobre el piso de madera despidiendo delgadísimas líneas de humo grisáceo que olían a la yerba quemada de los cigarros de Lorenz, ¿qué está pasando? ¿qué pasa Dios mío? naturalmente ese éxodo de parafinas de luz no estaba ahí cuando me levanté al baño hacía unos brevísimos minutos de distancia ¡ay mi cabecita! ¡ay mi cabeza!

Fue lo último que recuerdo haber dicho, acto seguido me desmayé con la imagen de una imponente silueta negra al fondo del pasillo grabada en mi subconsciente.

Cuando volví en mí me hallaba en la más absoluta oscuridad, seguía mareado o más bien desorientado, sentía que me movía sin estar apoyado, me sentía transportado, sólo recuerdo sombras y más sombras y el crujir de diversos pasos muy pesados como de botas sobre los pisos de madera junto a mi cabeza agotada, sentía toda la sangre de mi cerebro falta de oxigenación, me volví a perder en un segundo desmayo.

Me falta la respiración, me siento sudoroso, no me puedo mover, mis párpados pesan, pesan, siento que muevo los ojos pero me duelen, me vuelvo a dormir con bastante pesadez, no me puedo mover, cada músculo del cuerpo me pesa...

A mis ojos entreabiertos se cuela luz de media tarde que se filtra por el perímetro de las pesadas cortinas negras. Tengo mucho calor, mis labios están partidos de resequedad, sigo sin poder abrir los ojos con normalidad, ya siento lagañas que bien podrían ser piedras, me duelen, tengo la garganta cerrada y tengo fiebre, ¿lo estoy sintiendo o lo estoy pensando? No sé no me puedo mover, mis ojos pesan, los vuelvo a cerrar porque duelen y duelen y pes...

Transcurrió el tiempo, no sé cuanto, bastante supongo pero en realidad no lo sé.

Apretaré mis ojos fuertemente, los aprieto duro, ya tengo movilidad sobre ellos, los abro, percibo la oscura noche, me cubre muy caliente, lentamente trato de identificar la sensibilidad parte por parte de mi cuerpo, y así empiezo a sentir mi lengua, me arde un poco, está muy reseca, trato de incentivar saliva. Tengo movilidad sobre mis ojos sin embargo, aún mi vista no enfoca bien. Trato de mover mi cuello pero no puedo, mi cabeza está fijamente circundada por el perímetro de una almohada muy dura y un tanto apretada, de hecho está sujeción perimetral se extiende a todo mi cuerpo.

Hay mucho silencio, sólo oigo mi respiración y mi corazón, lo escucho débil y lento. Sigo en la revisión de mi estado físico, siento mis brazos pero no creo poder levantarlos, parece que están cruzados sobre mi pecho, mis manos están frías, tiesas, en general siento mi cuerpo engarrotado.

Los dedos me duelen un poco en la unión con las manos, lo cual agradezco porque significa que aún los tengo. Mis músculos de pierna y rodilla están dormidos como cuando está a punto de empezar el cosquilleo insoportable de los calambres.

Por fin siento que puedo mover algo: los dedos en mi pie derecho, levemente pero los siento empujando contra la suela dentro de los zapatos que traigo puestos, ¿zapatos? ¿no me había levantado de la cama para ir al baño?

La pregunta tenía lógica pero mi mente no tenía fuerza para entrar en silogismos, sólo quería percatarme de en realidad estar ahí para posteriormente hacer algo al respecto.

Uno a uno, muy lentamente, traté de tensar mis músculos principales, me parecía que cada movimiento me llevaba varios minutos y sentía que ya habían transcurrido algunas horas desde que volví en mí, al menos a medias. Mi mirada iba mejorando, ahora ya distinguía diferentes tonos de negro dentro de esa oscuridad.

Movía mis ojos todo lo que podía alrededor de las órbitas, tratando de encontrar detalles en las únicas vistas que tenía disponibles. De mi lado derecho percibía una pared escasamente un metro más alta que el lugar en donde me encontraba, del lado izquierdo había una pared también, pero muy pequeña, de apenas unos 20 centímetros.

Mi cuello dolía y las lagañas en mis ojos me lastimaban mucho porque ya estaban secas y cristalizadas. Comencé a regular mi homeostasis mediante la respiración, inhalando, exhalando, inhalando, exhalando, inhalando, exhalando y mientras lo hacía enfoqué la poca fuerza que tenía en mi brazo derecho para limpiarme y tallarme los ojos.

Percibo luz azul de amanecer colarse tímidamente por la orilla de una pesada cortina, pero es lo único que percibo, me he cansado mucho, vuelvo a cruzar mi brazo sobre el pecho y esta fatiga nuevamente me vence por largas horas, me duerme, me demora, me inutiliza.

Un sobresalto ataca mi sueño y levanto bruscamente mi torso con los brazos aún cruzados sobre mi pecho gritando un alarido:

—"¡Noooooooooooo!"

Mi corazón latió fuerte, mi cabeza estaba empapada de sudor y al mismo tiempo mi cuerpo temblaba de escalofrío, mis ojos quedaron viendo fijos hacia el frente y una vez que terminó mi exclamación comencé nuevamente a temblar, pero no de escalofrío, sino de espanto, enmudecí al ver el escenario sobre el que me encontré:

La cama sobre la que yacía no era cama sino un ataúd abierto por el lado izquierdo, alrededor del cual había más velas negras colocadas invariablemente cada diez centímetros de distancia expidiendo una columna de extraño humo blancuzco con olor un tanto dulce que me ayudó a recuperar la conciencia; yo me encontraba vestido en un traje elegantísimo, todo de negro, el cual por supuesto no tenía ni idea de cómo me había sido ceñido. Al extender la mirada un poco más allá de las finas columnas de humo blanco vi una figura de pie, masculina, grande, fuerte cuyo rostro no distinguía por falta de luz, a pesar de la gran vela color guinda casi a sus pies.

—"Bienvenido Mihangel, Yo Soy Kyle."

Al decir esto un segundo grupo de velas color negro fue encendiéndose una a una cada tres segundos y por espacios de tres metros, desde donde este imponente ser se encontraba, formando un cuadro de velas grises más grandes dos metros más ancho que el cuadro que rodeaba el ataúd en el que estaba.

El cuarto tuvo más iluminación y seguí completando mi terrorífico asombro: acomodados en sillas tipo corte imperial, atrás de cada vela que se iba encendiendo, se hallaba un nuevo personaje siendo doce en total, masculinos y femeninos, jóvenes y viejos, de mirada antigua y de ojos inquietos, interesantes. Entre ellos efectivamente se hallaba Lorenz y Clemenz, a quienes ahora recuerdo nunca haber visto de día...

El cuadro también contaba con grandes iconografías de testigos del vampirismo reconocidos por esta logia, comité o sociedad o lo que fuera, tales como el Conde de Saint Germain, Lord Byron, Sheridan le Fanú y por supuesto Stoker, pero realmente eso no era lo que me preocupaba.

—"Tranquiliza tus venas, edúcalas a no ser impacientes".

No me pude mover, estaba en un salón de paredes muy altas, cortinas negras muy pesadas y muy altas también, piso de madera oscura, como caoba o más bien ébano.

—"¿Qué es lo que te sorprende Mihangel? Estamos satisfaciendo la respuesta a tus preguntas, a tus sueños, a tus constantes pesadillas. ¿Cuántos mortales crees que han tenido esa experiencia? ¿Cuántos crees qué han tenido la única oportunidad oscura de recibir abiertos y conscientes su inminente ingreso hacia la libertad o hacia la esclavitud demoníaca?"

—"¡¿Porqué me trajeron con Ustedes?!"

—"Mihangel, Mihangel, ¿todavía no sabes hacerte responsable de tus propias acciones? Tú veniste a nosotros, tú viajaste, tú traes la herencia de la mirada, nosotros sólo estamos te confirmando que tu mayor terror es simple y sencillamente cierto. Así entonces, contesta Mihangel: ¡¿QUÉ ES LO QUE QUIERES TÚ DE NOSOTROS?!, " gritó Kyle.

La pregunta retumbó en el cuarto con un eco grave, todas las velas se apagaron en ese instante y el cuarto se quedó solo, volteé a todos lados y no vi a ninguno de los doce, ni sus velas, nada.

Salté del ataúd–cama en que me habían depositado y como no había luz intenté abrir una cortina, eran muy altas, gruesas y pesadas, la empujé con ambas manos y vi que eran cristales opacos, casi negros, entraba muy poca luz. Al centro de esos grandes ventanales había vitrales también de oscuros tonos rojos, azules, y grises principalmente, que formaban retratos con personajes de la historia maldita del medioevo, entre los que sólo pude reconocer a Érzebeth Bathory "la duquesa sangrienta" y al "empalador" Vlad Tepes.

Caminé y comencé a tratar de razonar el presente sobre mí. Al otro extremo del salón se abrió una puerta y al mismo tiempo se encendieron cuatro antorchas, una a la mitad de cada pared del cuarto, entraron tres figuras que se dirigieron hacia mí.

–"Olvida el miedo a morir Mihangel, es el más inútil de todos los temores. Yo soy Aedammair, hemos venido a acompañarte, están contigo Brónagh y Almaenid".

Aeddemair era una mujer alta, aproximadamente un metro ochenta, de tez blanca y cabello castaño ondulado, tenía un lunar negro en la base del cuello y labios medianos intensamente rojos; vestía color negro por supuesto, en un vestido ceñido al cuerpo con aperturas verticales en las piernas. Pareciera que su faz y su mirada vinieran desde muy lejos.

Tras de Aeddamair, entró un hombre de edad madura, en apariencia cincuentenaria. Tenía complexión robusta y altura superior a los uno noventa. Las facciones de su rostro eran un poco toscas, nariz grande, orejas grandes y largas, penetrantes ojos oscuros tono escarlata y caminar muy pesado, sonoro, casi cansado bajo las botas que soportaban los andares de su incesante tormento.

Almaenid en cambio tenía un caminar liviano; aunque vestía un modelo igual al de Aedemmair se le veía diferente, era grácil, su piel como la de todos ellos también era blanca, pálida inclusive, su cabello era rubio, brillante, largo abajo de los hombros con un lacio elegante y perfecto. De los tres era quien me inspiraba confianza, no sé por qué, pero sentí que en ella habitaba un alma joven: Almaenid.

–"Acostúmbrate a vernos, será más sencillo para ti pues en poco tiempo tendrás más cambios en tu vida que los habidos en toda tu existencia." – dijo Brónagh.

Almaenid dio pasos lentos acercándose a mí, no sé si llegó más cerca con su caminar o con su mirada fija hacia mis ojos y con una voz suave dijo:

–"Dime qué es lo que te preocupa."

Mil cosas pasaban por mi mente, ¿qué hacía yo ahí?. No podía quedarme callado pasivamente hasta exasperarlos y ser comido por provocar aburrimiento, por lo que empecé por lo que me pareció ser más coloquial:

—"¿Porqué me llaman Mihangel?"

—"Ese es tu nombre en Celta, al igual que Brónagh, Enid y Aeddamair" – contestó – "honramos a los druidas y celtas que se negaron al indigno mestizaje de la evangelización y prefirieron desaparecer tan místicamente como vinieron."

—"Supongo por las palabras de Kyle que a Ustedes se les dio la oportunidad y decidieron convertirse en vampiros."

—"No fuimos convertidos *en* vampiros fuimos convertidos *a* vampiros, existe una sutil y a la vez abismal diferencia." Dijo Brónagh como si estuviera entregando un mensaje de dignidad.

—"¿Cómo es eso?". Pregunté.

—"Ya lo entenderás." – replicó. – "por ahora, sólo te comento que justamente en este salón cambié de sangre durante el solsticio de otoño de 1703. Menos cuadros tenía este recinto."

Aeddamair se sentó en una silla al lado izquierdo, en la oscuridad del cuarto no me había percatado que estaba ahí, pero cuando ellos se movían todos las objetos a su paso se hacían notorios en un relieve de sombra. Se recargó en el respaldo, cruzó su pierna derecha sobre la izquierda dejando ver sus hermosas piernas y me comentó:

"Después de dedicar mi vida al sentido marcado por Jesús, viví la corrupción del sistema que hubieron creado los hombres. La santidad de mi fe crecía, al igual que crecía mi edad y más se interesaban en mí por sus ambiciones de hombres que por sus ambiciones de santos. En un momento muy fuerte de mi vida decidí que antes de seguir alimentando un sistema de poder, debía entender el sagrado poder de la sangre, al momento de sentirla salir de mí y posteriormente entrar a mí, comprendí el significado de la vida eterna y saboreé la perpetuidad.

La contemplación es un orgasmo de sustancia primigenia escarlata, de hematocitos, la perpetuidad de la sangre se conjuga cada vez que la introduzco en mi cuerpo, ¿puedes ver la potencialización?

Existe el mismo latido urgido pero mayor, la altísima taquicardia pero más intensa, el deseo de que termine y continúe pero sin vivir en la mortalidad y esos atesorados segundos, instantes eternos y finitos en que no necesitas nada más para que el concepto adquiera sentido. Tu mejor sexo es sólo una minúscula fracción de lo que alcanzar la vida eterna de la sangre significa, además de que, si así lo prefieres, puedes seguir dando gracias a Dios porque provee de alimento.

Acepté el camino de Kyle, en verdad nunca vi mi alma en el convento y nunca he visto mi alma ahora, es más no la extraño, viví incomprendiendo la torcida enseñanza de una legítima religión manoseada por dinero y guerras, y créeme prefiero ahora vivir la tranquilidad y el reposo voluntario de la no muerte."

–"¡Eras monja! – pregunté sorprendido – "¿dónde quedó tu fe?".

–"Estuve en un convento efectivamente, pero más por linaje para mi familia que por convicción" – contestó – "¿qué no escuchas nada de lo que te he dicho?, de primera vista te pensé más profundo".

–"Entonces Mihangel, ¿lo que te preocupa ahora es traicionar la fe de tu religión, de la tradición cristiana?" – preguntó Almaenid.

Yo no contesté, distraje mi mirada viendo las iconografías y los vitrales de las ventanas: Goethe, Voltaire, Marqués de Sade... era evidente que en esos momentos lo único de donde podía aferrarme era a mi convicción a Dios, aunque no fuera el mejor devoto ni el mayor creyente.

Tenían su discurso muy estudiado, casi diría que preparado desde hace siglos, para contrarrestar sus disertaciones me aferré a lo único que más o menos conocía y que muy probablemente era sabiduría más antigua que la de ellos: la Biblia, el libro de la Historia de la Vida.

–"Tengo Fe en Dios", declaré firme.

–"¿Crees entonces que la Verdad te hará libre? – intervino Brónagh.

–"Absolutamente, así como tengo que creer en Ustedes porque los he visto, creo también en la protección divina porque sé que está conmigo. Mi nombre es Miguel Ángel, mensajero de Dios, el más noble de los Ángeles, y por el bautismo impuesto en mí no debo temer sino creer que sólo la Verdad en mi vida y a mi muerte me hará Libre".

Honestamente no sé si realmente creía en lo que estaba diciendo pero me salía muy fluido, reconocía la semilla de mi comunión. Era a lo único que me podía aferrar antes de que llegara el siguiente momento presente.

Almaenid ya estaba sentada también, ella hacia mi lado derecho, bajó su mirada al piso por un momento, dio un leve respiro y con dulce tono me dijo:

–"Verdad, libertad, ángeles, vampiros, son palabras Mihangel, no has sido nada y nada más seremos."

–"Permítanme presentarme, soy Gráinne". Una voz femenina ronca y gutural, atractiva, se oyó de arriba del cuarto.

Me sobresalté tremendamente, brinqué de mi silla y al caer al piso me lastimé el talón izquierdo, y vi desde el extremo opuesto como recorría por el aire, casi desde el techo una dama de piel blanca y labios rojos, de oscuro cabello alaciado hacia los costados hasta cubrir un centímetro aproximado abajo de su cuello. Su rostro tenía pobladas cejas, sus facciones eran bellas, maduras, con una perversión extremadamente atrayente.

Detuvo su vuelo dos metros adelante y arriba de mí, y tras hacer contacto visual desde esa altura, lentamente descendió hacia atrás para posarse en una silla tres metros frente a mí. Me incorporé sin quitar los ojos de su mirada y al tratar de acercarme a la silla donde me encontraba alzó su mano izquierda y sentí una fuerza que me arrojó rápidamente a la silla. No tuve valor de reclamar, ni de pensar cuando empezó a hablar.

– "La libertad de un vampiro y la libertad de un ángel es bastante distinta, no siendo necesario ni siquiera mencionar el libre albedrío tan reducido de los humanos, especialmente el promovido por la Iglesia, el cual sólo te permite un mundo de libertad restrictiva para ir al cielo o la condena del infierno.

Miguel, la naturaleza de una serpiente es morder, la de una vena es sangrar, la de una flor aromatizar y la naturaleza humana implica la capacidad de discernir, de razonar, de realizar, de ejecutar y corregir errores, pero entonces ya estarás condenado al infierno. Un *"libre albedrío"* marcado previamente por un "pecado original"...un "pecado original", ¡qué clase de libertad es esa!, una estupidez."

Cada palabra que decía tenía una carga de coherencia a mis sentidos, no sabía qué iba a pasar conmigo o en mí, tenía todos mis sentidos absorbiendo la semántica de Gráinne, ni siquiera me había percatado que en el salón sólo estábamos ya Gráinne y yo, o al menos eso era lo que mis sentidos mortales me podían indicar. Con un magnetismo coercitivo jamás experimentado por mí centré todo el flujo de mi atención en su rostro y sus palabras, no tenía ninguna otra percepción.

– "¿Cuál es entonces el propósito principal del mejor libro que registra la Historia?, ¿mostrarnos cómo amar?, en ese caso no capto el mensaje correctamente, en virtud de que su primer Capítulo comienza con el Génesis de la Creación, seguido de la Prohibición y luego de la Condena y Expulsión. No dudo en contestarme afirmativamente ante la pregunta de la existencia de un Dios viviente, pero definitivamente te darás cuenta que visto desde estas circunstancias es para mí una lección malinterpretada."

Gráinne comenzó a caminar lentamente alrededor de mi silla, yo sólo podía verla cuando pasaba enfrente y posaba su mirada en mi cuello. Podía escucharla respirando por la boca, veía su aliento vaporizarse en contraste con el frío que había sucedido a la larga lluvia.

–"La libertad para un vampiro es diferente." – escuché, pero no vi a nadie más que a Gráinne que seguía dando vueltas alrededor mío, primero hacia la izquierda y luego a la derecha.

–"¿Qué tienes qué perder?"– volví a escucharla pero no por mis oídos sino dentro de mi cabeza, era de un marcado acento extranjero, oriental, es lo único que pudiera describir de ella porque más que escuchar un sonido simplemente captaba un pensamiento. Traté de cerrar mis ojos pero tenía miedo de las vueltas de Gráinne; de pronto la voz volvió a mí y tratando de calmarme los cerré para tener más concentración.

– "La libertad para un vampiro es diferente. La mayoría de los argumentos humanos en la búsqueda de una conciencia pierde sentido si originalmente ya has sido condenado y empiezas a morir desde que participas de una porción finita de vida, porque ya no existe entonces necesidad de preocuparte por cuidar los días, por aprovechar el tiempo; porque no te preocupará que tus acciones te conduzcan a la apertura o negación de las puertas del Paraíso, ni por el dinero o los mercados, siendo los únicos bancos de relevancia aquellos bancos de agua en los márgenes de los ríos bajo las noches sin luz ni luna en que lloras sin lágrimas, lloras sin miedos, lloras perdido.

Después de eso hubo silencio en mi mente y en el cuarto por un par de minutos, tras la pausa sentí la mano derecha de Gráinne recorriendo mi cabello de la punta de la nuca hacia arriba y me hablaba al oído con su voz ronca:

–"Sin embargo los vampiros sí tienen una preocupación, es la única que puede enviarlos desesperadamente hacia su propia aniquilación por medio de la luz: engullir el eco excitante de los invitantes pulsos yugulares, en ocasiones por hambre, la mayor parte de las veces por la necesidad de esos apasionados ritmos de la sangre, saciadores del estado total, al menos complementario y a veces hasta afectivo.

En ocasiones recuerdan los latidos, los latidos previos y los actuales, sin embargo, cuando llega el tiempo en que tu cuello reciba la mordida, cerciórate antes de juzgar su motivación porque no siempre será por la inagotable ansia de beber tus tonos escarlata sino también por el hambre casi extinta pero aún levemente existente de poder mirarse y recordarse por breve en un reflejo de vida, en tu espejo."

Seguía observándola y escuchando muy atentamente, no sé cuanto tiempo tendría para "digerir", aunque preferiría utilizar "madurar", todos estos argumentos, quizás sólo unos minutos más, quizás unos cuatrocientos treinta años, no sé. Tenía mucho miedo, pero trataba de seguir con el programa que mis anfitriones habían preparado para mí esta noche.

Volvió levemente mi confianza en la Cruz; de manera muy discreta en mis manos formé la cruz para impartir bendición, traté de cerrar mis ojos y una vez cerrados se dirigió a mi mente la voz:

—"El miedo a la Cruz puede ser una superstición muy limitada para la protección, encerraría el alcance del vampirismo únicamente a aquellos lugares donde ese símbolo santo es santo, y estas criaturas se mueven a lo largo y ancho de todo el planeta, justo como tú, con la diferencia de que ellos tienen mucho menos cadenas y adherencias que los pudieran mantener apegados a lugares, menos contratos, menos familia y menos patrimonio."

Sentí una presencia, abrí mis ojos, sentía una especie de energía que Gráinne generaba entre sus manos al mantenerlas cerca de mis oídos y mis sienes sin tocarme y ahí con su boca muy cerca de la mía y sus colmillos provocando mi nombre, viéndome más penetrante que antes, con su voz me dijo:

—"Esa es la verdadera naturaleza de las alas del vampiro, ese es el significado de sus vuelos, no alas materiales, porque no son mágicos sólo oscuros. Van a cualquier lado y ahí abandonan su conciencia, no necesitan nada que tú necesitas, sólo el transporte apropiado y se van, esperando sanar las cicatrices que cincelaron con sus colmillos sobre la dermis, epidermis y entrañas de unos cuantos desafortunados, esperando sanarlas al avanzar silenciosos por los movimientos del tiempo transcurrido a través de las noches.

Entonces, no hay libertad, libertades para hacer o libertades para no hacer, únicamente se puede aspirar a flotar para hacerlas parecer legítimas en la mente...".

Una gran niebla cubrió el salón, recuerdo el rostro de Gráinne que tras besar ligeramente mis labios y rozar descendiendo mi mejilla derecha con sus colmillos, flotando se alejaba de mí.

Se fue Gráinne, se fue la última luz, se fue todo quedando sólo al centro mi nueva cama, mi ataúd, al centro del salón sobre una base de mármol negro. No quise dormir ahí, ni siquiera dormir quería, caminé hacia él pero no me metí, me senté en el piso recargándole la espalda.

Necesitaba enfocar las mil novedades, digerir este nuevo acto y pensé en hacer meditación, me puse en posición de medio loto y comencé a concentrarme en la respiración, sin embargo no tenía la fuerza suficiente y el talón me dolía. Mi cuello se inclinaba al frente y me quedé dormido, lo último que recuerdo fue recargar de nuevo mi espalda a la base y resbalarme suave para depositar mi cabeza en el piso.

Tuve sueños raros, de colores muy tenues, más que parecer colores parecían sólo tonos, pálidos amarillos los recuerdo, de mi primera comunión junto a mi hermano, en la iglesia, en el desayuno que prosiguió, el cirio blanco, pero los veía desde fuera, como si volviera a ver la película filmada en 8 milímetros, veía a mi madre, mi padre, los invitados, las monjas unas impacientes y otras contentas por tanto niño corriendo en el comedor del monasterio.

Oía sonidos pero no entendía, y seguía recorriendo la escena cuando me veía a mí de niño, peinado, sonriente y de pronto me posaba enfrente, nadie se percataba de mí, más que yo mismo de niño y fue entonces cuando mi yo onírico y mi yo niño se encontraron con la mirada y el yo niño cambió la expresión fuertemente, nublándose toda la escena y quedando sólo él y yo flotando, mientras él lanzaba un estremecedor grito de terror al observarme.

Desperté con una pesada conciencia, con miedo, con mucho miedo y sin querer abrir mis ojos comencé a llorar, por una desesperanza que me abrumaba, por el rapto a la muerte estando vivo, por la mirada, por la psicótica tortura de opción que me acechaba leyendo mis pensamientos, por mi debilidad, por mi fragilidad, porque la oferta incluso realmente me parecía atractiva, lloré por mi suerte, lloré por mi muerte, por el cadalso que significaba cada minuto ahí dentro, porque no podía llorar sin ser oído, qué fácil es convertirse en olvido para el mundo, qué sencillo.

Tenía ya muy pocas fuerzas, estaba rendido pero no podía dormir, una absoluta tormenta de pensamientos antagónicos me flagelaba, sólo estaba tirado, recargado en el pinche ataúd–destino, con la mirada fija, con las manos caídas, con los ojos lastimados, y con la escasa luz de velas altas ondulando el temblor de mis sombras en el piso.

Movía los ojos, lo mismo: gótico, iconografías, altas cortinas negras, un lejano trueno trajo más sonido de lluvia consigo, respira Mihangel, respira para estar tranquilo.

—"¡Dios míoooooooooooo! grité tratando de sentir desahogo y un gran eco retumbó las voces devolviendo no sólo mi grito cien veces sino el mismo grito de cientos de personas que en el mismo salón durante siglos habrían gritado lo mismo, y al final risas, burlas, risas, muy roncas, muy agudas, terribles, aturdiendo mis sentidos, llevando las manos a mi cabeza, corriendo, tratando de tirar las pesadas cortinas negras, frías como piedra de panteón, y tras intentarlo un par de veces me di cuenta que mis manos tenían sangre, sangre que al verla, se evaporaba quemándome.

Volví a gritar, la pesadilla era realmente lúgubre, pesada, mi enojo me hundió más en la psicosis, corrí al ataúd y derribándolo con fuerza grité:

–"¡Kyle!, ¡Kyle! aparece ya, aparece ya y dame muerte; ¡Gráinne! libérenme engendros de lo vil, ¡aparezcan, mátenme, libérenme, aparézcanse ya! ¡mueran demonios!!!!

Nada más se oyó en el cuarto a excepción de la lluvia y truenos esporádicos más allá de la ventana. No había mucho qué hacer por el momento, debía tratar de almacenar mis fuerzas, tomé una de las velas y me puse a dar vueltas alrededor del salón maldito.

Después de caminar un rato pensé en aguantar hasta el amanecer, para ver con claridad todo el salón y atreverme a recorrer esa casa con la luz del día, no sabía qué hora era, si intentaba acercarme a las cortinas me volvían a arder las manos aunque ya no tuviera la sangre.

Esperé las horas más largas de mi vida ese amanecer, aguardé haciendo acopio de todos mis recursos, contar, caminar, el dolor en el talón izquierdo casi había desaparecido, nadie se me había presentado esa noche, traté de desviar los argumentos de mis malditos anfitriones pero irremediablemente flasheaban en mi mente.

Sin embargo, conforme avanzaba el tiempo crecía mi esperanza de la hora de la luz, eso me motivaba; hasta ese entonces me di cuenta que la experiencia había consumido en esos días aproximadamente tres kilos de mí, trataba de pensar lo que fuera con tal de tenerme despierto, la lluvia había cesado, sólo se oían goteos remanentes y cierto estaba de que no falta mucho para llegar al alba... ¡al alba vinceró!

Empezó a sentirse un intenso frío provocado por el final de la lluvia y el preludio del amanecer, estornudé un par de veces y me senté recargado en la base de mármol del ataúd, esperando la media hora final, entonces noté que la llama de las velas cambió de luminosidad y de tamaño y comenzó a salir el mismo humo que había en aquella lejana noche en el pasillo de Edelhoffgasse.

–"¡No puede ser!, ¡vampiros maledictos!", y al empezar a transmutarse la larga noche con los primeros tonos albicelestes, drogado por el penetrante ácido incienso me dormí.

– Michaelerkirche –

AM 10 DEZEMBER 1791 WURDE IN DIESER KIRCHE
FÜR WOLFGANG AMADEUS MOZART DAS
SEELENAMT
GEHALTEN DABEI ERKLANGENTELE SEINES
REQUIEMS
ZUM ERSTEN MAL

Me están transportando dentro del ataúd, me bajan por escaleras, muchas, estoy dentro, sólo siento el balanceo, se detienen, me siguen cargando, oigo cascos de caballos que jalan un carruaje, se detiene frente a nosotros y colocan el ataúd dentro. Aún a marcha lenta tras una vuelta escucho que se abre una reja rechinante, pesada, lejana escucho como se cierra tras de nosotros.

Escucho de algún lado residuos de música de Beethoven y dentro de mi pesado confinamiento me llega un flash mental hasta la noche en que mientras me ayudaba a hacer la maleta en mi cuarto, puse el cd de la IX Sinfonía, usada posteriormente para "el Himno a la Alegría", y le comenté:

–"Mamá, cuando muera, en mi velación quiero que pongas esta música. Creo que así como son sus notas, así ha sido mi vida"

–"Michel, pero eso no va a suceder", me contestó con la certidumbre de la paz en su rostro.

–"¿Porqué no?" – le dije incómodo por su comentario tan cierto y tranquilo – "el hecho de que seas mayor que yo no significa que tú tengas que morir primero."

–"Está bien Michel", dijo con una hermosa sonrisa de madre que consiente a su hijo. Once horas después murió.

Scored for School Orchestra **Symphony No. 9 : Finale** Ludwig Van Beethoven

No le he vuelto a escuchar, no he podido aún con él, nunca lo enfrenté, no me urgía, más bien lo tenía escondido como escondemos tantos y tantos enfrentamientos liberadores de nuestras vidas; los hacemos como ventisca de finas arenas que tarde o temprano sedimentan una mole de lodo, atorada e inerte, anclados en una simbiosis perenne.

El Himno a la Alegría, "¿búscala hermano más allá de las estrellas? ¿será que las estrellas sólo se observan al caer la noche? tras los matices bermellones del horizonte al atardecer, tras los espacios donde ningún mortal ha ido jamás. Son sólo fantasías románticas, falaces, fugaces, fantasmas, insustanciales de momento, son para mí ahora notas en desuso y remembranza de mis horas frías.

Un bache al galopar sobre calles encharcadas, vuelvo a mí con esos tonos, esta imagen, me siguen transportando, no me desespero, no me muevo, sólo permanezco quieto, no hablo, si no se dan cuenta que he despertado tal vez tenga alguna oportunidad de escapar.

Por primera vez oigo una voz, parece Clemenz, arreando los caballos del carruaje y los cascos galopantes.

Las calles han dejado de ser empedradas y parecen hechas de simple pavimento, nos detenemos un minuto, nada pasa, y empieza a andar nuevamente, sin embargo, se detiene súbitamente, alguien le está hablando, casi no escucho y lo que escucho no lo entiendo bien pues está en alemán, hay algo que discuten, pareciera un policía cuestionando el carruaje y evidentemente, su contenido; es mi oportunidad: gritaré, haré ruido; oigo que abren la puerta del coche y tengo listo mi llanto de auxilio, pero de pronto veo dentro de la oscuridad unos ojos rojos y una presencia que me toma, no puedo mover ni un sólo músculo, mi garganta queda tiesa, siento como unos dedos vaporizantes se enredan a través del cuello y otros presionan la zona cardiaca de mi pecho, me es imposible gesticular el más minúsculo movimiento, mi mente está en pánico y quedo totalmente controlado.

No escucho palabras, pero el mensaje queda depositado totalmente claro en mi mente: "no te queremos terminar ahora, no te termines tú antes de tiempo."

La voz del policía dejó de escucharse abruptamente tras un diabólico gruñido, escucho sorbidos salvajes, escucho huesos que se rompen y se quedan atrás, imagino la masacre, escucho a Clemenz arrear de nuevo los caballos, mientras allá alguien sigue con la desafortunada cena; largos minutos después se vuelve a detener.

Escucho un grito de Clemenz y la voz de Lorenz respondiéndole, juntos jalan el ataúd fuera del carruaje, lo equilibran por un segundo y cargándolo empiezan a caminar; estamos entrando a un edificio, se cierra una puerta pesada, caminan más y me depositan en una base. Oigo, movimiento, no necesariamente sobre el piso, pero movimiento.

Sola se abre la compuerta superior de mi ataúd, no vi a nadie haciéndolo, me lastima los ojos la escasa luz, no me muevo aún, sólo tengo la perspectiva que me da el estar boca arriba y empiezo a distinguir un techo o una cúpula, todo es blanco o dorado aquí, con dibujos de nubes y querubines, ¡estoy en una iglesia! Inhalo una fuerte cantidad de aire por mi nariz y se abre completamente mi caja de perpetua velación.

Pude entonces erguir mi cuerpo y ahí estaban, dentro de la iglesia, Kyle y otros muchos vampiros de todas las edades, sentados en las bancas, sin el menor síndrome de miedo a lo divino.

—"Mihangel, bendito el que viene en nombre del Señor", dijo Kyle con amplia sonrisa y se elevó hasta colocarse arriba del altar junto a unas esculturas representando la legión de ángeles luchando por regresar los demonios al averno; todos me vieron y rieron en obvia burla a mis dogmas de fe, de hecho creo que yo también comenzaba a desacreditarlos.

—"En virtud de tus múltiples alusiones, o ilusiones, a Dios y a sus atenciones para con tu programación, te hemos traído a conversar, con Él de testigo, además estamos seguros de que el lugar te va a gustar, yo disfruté mucho cuando lo construyeron hace un poco más de 200 años, no sé que tenga esto de la fe, pero la combinación de fe y miedo hace que suelten un olorcito muy apetitoso, me llamo Tadgh y seré uno de tus anfitriones esta noche."

—"Ya la reconozco dije, es Michaelerkirche, la iglesia viene-sa dedicada a San Miguel Arcángel. Tadgh, honestamente no me interesa saber nada de ti."

—"Mihangel, por favor compórtate, ¿qué no ves que estás en la iglesia?, mi nombre es Kenneth, nuestra bella compañera a la izquierda es Deva."

Tadgh, subiéndose al púlpito, mientras caminaba escalón por escalón volvió a dirigirse a mí:

—"Empecemos con el oscuro y delicioso entremés de palabras escrito por un invitado que conocerás más adelante, titulado simplemente "Noche":

Cuando al caminar por ti sienta un deseo,
tiemble mi conciencia e induzcas a mi anhelo,
entonces noche de encanto, noche de celo
ámame y cúbreme con tu desvelo.
Recuérdame recordarte,
pedirte el reflejo distorsionado de mi vista en tus luceros,
de mi amor y de aguaceros.
Porque olvidarte es olvidar mi vela,
que me enciende, que me extingue, que me quema.
Noche si tus criaturas han de ser malignas
mi vida purgará ya una larga pena.
Por la oscuridad y las tinieblas siento el desafío
y me estremezco, me preparó a ti a vivir el frío.
Cuando al caminar por ti sienta un deseo,
tiemble mi conciencia e induzcas a mi anhelo,
entonces noche de encanto, noche de celo
ámame y cúbreme con tu desvelo.
Noche por mi vida que te encuentro
primero por mi insomnio y luego por mi sueño.
Cierro y abro, emprendo el vuelo.
Sueño con mi ausencia, sueño con mi ensueño,
sueño definiéndote y preguntándole a tu dueño
¿porqué el misterio?, ¿porqué la noche? ¿porqué te quiero?

Noche por mi vida eterno permanezco,
aquí sólo te conozco pues te viviré en mi lecho
y tu cúpula estrellada al apagarme será el techo.
Cuando al caminar por ti sienta un deseo,
tiemble mi conciencia e induzcas a mi anhelo,
entonces noche de encanto, noche de celo
ámame y cúbreme otra vez con tu desvelo."

Deva derramó un par de lágrimas y Tadgh continuó.

—"Ahora sí, comencemos con nuestras lecturas:

"¿Alguna vez deseaste tener tu propio accidente? Tu pasaje dramático personal de vida batallando contra la muerte, quizás por instantes, quizás por días o semanas en un hospital. No realmente lastimarte, pero quizás precisamente para detener el auto–lastimarte, por favor detente, piénsalo por unos segundos, detén tu juicio racional y trata de ver la lluvia a través del agua que cae del cielo a tu cabeza y no a través de las gotas que escurren afuera de tus ventanas de comodidad. No hay lluvia sin evaporación, no hay evaporación sin ebullición y no puede haber vida alguna sin agua.

Me gustan las frases, quizás aquella de "qué hermoso es ver la lluvia sin mojarse" fue sólo concebida para fortalecer la falsa imagen del mundo como lo conocemos y no necesariamente el mundo como es, o el mundo que no quiero ver. Porque eso es de lo que trata nuestra fe después de la muerte, ya no portar máscaras, ya no buscar la aceptación ni el reconocimiento de tus semejantes, el dolor eterno es saber que en la vida que tenías soportabas la pesada carga del pecado original sobre tu existencia, ahora abrazas tu naturaleza depredadora, tu estado oscuro, aceptando no sólo la lluvia sino vengando todos los truenos que te azotaron en vida, y te atreves a continuar cabalgando hacia los siguientes relámpagos de fuego, sin temores, sin edades, sin remordimientos, por ende, eternamente insatisfecho.

Esa es la emoción de ser uno de Nosotros, ¿estás listo para vivir sin tus cargas? ¿realmente te atreves? Aquí no hay ventanas, no hay luz, lo más cerca que puedes estar de la vida son los breves segundos de latidos desacelerantes que pueda proveerte la próxima yugular y será de igual manera breve, breve y eterna, como lo es la muerte."

–"¡No tengo porqué contestarte!" – le dije, aunque en el fondo dedicaba mucha atención a sus palabras.

–"No es necesario, se te olvida que algunos de nosotros podemos conocer tus pensamientos." – intervino Deva – "Leo que la respuesta es sí, sí te llegó a pasar por la mente la idea de tener este accidente para que supieras en realidad a quién le importas y cuál es el límite de lo que harían por ti. No saber quién te lleva flores, no que te digan "si necesitas algo sabes que puedes llamarme a la hora que sea", pero descubrir sin caer en las trampas del amor, por quién vivirías si vivir para ti mismo no fuera suficiente."

–"No te sientas mal mi amigo" – retomó Tadgh –, "en mi tristeza viviente también llegué a concebir esa ridiculez, por supuesto que probablemente no tiene sentido, sólo querer tus quince minutos de fama absoluta; a lo mejor el dolor es un medio para suplicar por amor y atenciones... estúpido por supuesto, e injusto, actitud infantil seguramente también, pero aún así, muy practicada en nuestros propios alrededores.

Supongamos que sí lo llegaste a pensar, la Metafísica predica acerca del poder del pensamiento, básicamente provocando una resonancia con el eco absoluto que te alinea con la Fuerza Creadora del Universo a través del llamado Todopoderoso "Yo Soy", y que todo ese poder hará que tus pensamientos se conviertan en realidad, de alguna manera u otra, para bien o para mal en el corto plazo, pero con la creencia cierta de que en el largo plazo, y largo plazo aquí es entendido como eternidad, formamos y somos parte de un Plan Divino y Perfecto.

Él, o Ella podría suponer, sabe todo, conoce todo el tiempo y se presenta ante la Creación mediante la más divina contemplación de Su Creación. Deva, por favor presenta a nuestro otro ferviente invitado."

Entró entonces un muchacho adolescente que trabajaba en la iglesia, se parecía físicamente a mí a su edad, en el atuendo eclesiástico de aquellos próximos a entrar al Seminario. No dijo palabra alguna, su mirada se concentraba en el piso y entre sus manos de dedos fuertemente entrelazados se hallaba un rosario.

Tadgh siguió con su sermón – "Pensar que esa entidad es alguien como era yo, en imagen y semejanza, permíteme decir "no lo creo", y también permíteme gritar que "¡no me importa!" No entiendo como funciona, sólo pienso que a lo mejor Él o Ella o Eso, fue capaz de crear un universo completo y un plan divino y perfecto pero sólo para Él, ¡sólo para Él! y el poder del pensamiento es una mera programación desapercibida.

Nuestro invitado, tú, yo, la categoría humana ¿un Plan Divino y Perfecto? Nadie nos preguntó o platicó acerca de ningún plan de Creación, sólo somos piececitas en Su divino tablero de ajedrez, sin el conocimiento real o la conciencia suficiente para hacer que su plan suceda siquiera.

Es por eso que en todas las épocas, a través del más antiguo pasado que los registros humanos hayan podido atestiguar, en el enfermo presente donde el debate fundamental se centra en justificar todo a través de un modelo económico, o en una sociedad donde no puedes existir sin reglas monetarias inclusive en cualquier y en todas las instituciones sagradas, no puedes ni siquiera satisfacer éste, su verdadero Templo que constituye el cuerpo sin las reglas para prevenir las indulgencias de la fornicación, y te enseñan que puedes encontrar la absolución proviniendo únicamente de una fuente que no eres tú, ¡tu absolución proviniendo de una fuente que no eres tú!"

Al pronunciar estas palabras todos los vampiros aplaudían, en el aire de la iglesia se empezó a escuchar "Tocata y Fuga" de Bach, y el joven de la iglesia empezó a convulsionarse, súbitamente su cuerpo se vio dominado por fuerzas externas mientras Deva lo miraba fijamente con brillantes ojos encendidos de fuego y hambre, el joven empezó a flotar levemente sobre el piso sin poder gritar, sus dedos entrelazados comenzaron a separarse lentamente, el rosario cayó y se incendió, por el esfuerzo que sufría su cuerpo sobresaltaban sus venas, finalmente estaba con el cuello y los brazos extendidos, las piernas semidobladas, Deva y Kenneth se acercaban a él con terrible aspecto depredador y asesino.

Kenneth arrancó todas sus ropas de un sólo movimiento y se hizo para atrás, dejó a Deva disfrutarlo, Deva cambió de aspecto, abandonó su vestido permitiendo ver un cuerpo perfecto, afinado, su piel, sus vellos, sus senos, toda ella era perfecta. Tomó la mano izquierda del joven, la sujetó por la muñeca y la pasaba por su cara, introducía dedo por dedo a su boca, su lengua recorrió el rostro del joven, bajándola poco a poco por su costado izquierdo donde su pecho revelaba un corazón fuertemente pulsante.

Con un movimiento de mano, Deva lo colocó encima de una alfombra roja y con sus largas uñas recorrió varias veces sus costillas, su cadera, su pene y sus testículos, sus muslos. Con un aspecto endemoniadamente erótico y atractivo, lo volteó y besó la coyuntura atrás de sus rodillas, sus nalgas, el lado derecho de la cintura y volvió a voltearlo recorriendo su cuerpo, masturbándolo, posándose en él, forzándole la erección. El joven seguía sin hablar, no podía creer que estaba cogiendo con una hija maldita en el mismo lugar al que pretendía rendir sus más sagrados tributos.

Deva se detuvo, aún sentada sobre él tomó la mano izquierda de su adolescente víctima que sólo jadeaba, besó dedo por dedo, lamió dedo por dedo, succionó dedo por dedo, y al volver a introducir el dedo anular en su erótica boca para empezar otra vez, lo mordió arrancándolo por la mitad, dejando al descubierto un chorro salpicante de la sangre que brota de esa vena que va directo al corazón. Deva alzó su cabeza atascada mostrando el medio dedo ensangrentado en su boca, lo masticó detenidamente, lo tragó y arrancó otro y otro más.

El joven seguía vivo, pero rendido ante tan brutal e infame perdición. Kenneth se acercó y mordió su rostro a la altura del ojo derecho, y succionó lento, para prolongar el placer del alimento.

Yo estaba petrificado, instintos totalmente anulados cuando oí a Tadgh dirigiéndose a mí:

–"Primero nos llama y luego se retira. Esa fue su decisión. El libre albedrío es una prerrogativa que nadie en ningún nivel energético se atreve a profanar. Pronto tendrás que tomar la tuya..."

No decía yo palabra alguna, pero mi mente era un verdadero maremoto.

Tadgh repitió sonoro, lento:

"Cuando al caminar por ti sienta un deseo,
tiemble mi conciencia e induzcas a mi anhelo,
entonces noche de encanto, noche de celo
ámame y cúbreme con tu desvelo."

Niños cantando coros de tristeza, una voz solista tan aguda que no distingo si es masculina o femenina, coros prolongados por siglos, tristeza, gargantas entonando hacia arriba, lúgubres sopranos, pareciera el último canto de su vida o el primer matiz de su muerte.

Tonos que no cesan, tonos que cantan; tristeza. El silencio acarrea en sí mismo una armonía de lamentaciones, sopranos de desesperanza, llamados de melancolía en lenguas que no entiendo, pero siento su penetrar en mis oídos, en mis cabellos, a través de mis extensiones sensibles de dermis, que se quedan en cajas toráxicas de resonancia, vibrando a través de mis tejidos cardios, retumbando sus ecos de agudas e irremediables desesperanzas.

Tristes y prolongados, niños que no veo, himnos lagrimales, réquiem de voces inocentes, composiciones que trascienden sus escalas en claves de tragedia; el coro agudo más grave, un solo finito que no cesa, un matiz de música terrible que me sigue lastimando. El tormento traducido en notas de diafragmas infantes, lúgubres notas de llantos agudos en esta desenergizante sinfonía de lamentaciones...

Niños que sigo escuchando.

–"Dios mío, estoy en tu casa, ¿dónde está tu luz?", pensé para mis adentros, pero fui escuchado, me contestó Tadgh:

–"Mihangel, yo me cuestioné porque he ido mucho muy lejos, más allá de tu luz, y las cadenas de la salvación ya han sido reemplazadas por las cadenas de mis bebidas ensangrentadas y por mis centurias de edad. Ahora ya no tengo las restricciones del envejecimiento, soy capaz de vivir por cientos de años y he venido a comprenderlos mejor que cuando tenía una vida humana normal con la mitad de mi existencia disponible para cometer errores y la otra mitad ya sea para arrepentirme o aprender, inclusive nos enseñaron a creer que el más grande aprendizaje puede venir del más grande error.

¿Es mi naturaleza oscura parte de su Menú del Día? ¿guiará mis caminos el demonio? ¡Por supuesto que no, eso es estúpidamente ridículo! ¡ni Dios ni el demonio! Soy sólo Yo, mi mente, las experiencias que se han acumulado en los genes que pueblan mi sangre y la succión de las venas en las que haya terminado con tantos millones de latidos que aparentemente estaban ya contemplados en Sus supuestos libretos divinos.

Ethián amigo, por favor pasa, acércate y procede con tu testimonio."

–"Yo no dudo acerca de su Santidad y Perfección, pero como yo no era un Todopoderoso capaz de ver a través de todos los ojos amorosos me enfrenté con la situación lo mejor que pude, sin confesarme ante nadie y toda su Santidad y Perfección no me ayudó a confrontar o a creer y Yo creía en Él, confiaba en Él y sus sacerdotes me dijeron que Él confiaba en mí también."

Ethián era otro vampiro, no lo había yo visto antes, a pesar de su aparente joven edad hablaba con mucha amargura, odio, coraje. La existencia le dolía.

—"Me recuerdo recibiendo la bendición del sacerdote al inicio de cada curso de la universidad, recuerdo las desesperaciones románticas de mi juventud cuando ya no tenía los besos de ella pero sí lo tenía a Él y a su abrazo. Sí, me sentía victorioso de creer en Él, como cuando después de aullar como lobo por el abandono que dejó en mi vida en mis tempranos veintes recuerdo haber gritado mis proclamas de Fe, recibiendo aparente consuelo, debilidad, convicción, yo la amaba...

– Balada de Mydir y Ethián –

Mi vida transcurría normal, encapsulado en mis fronteras, recuerdo mi juventud con descubrimientos, con cuestionamientos de existencia, recuerdo el inicio del más profundo amor: Mydir.

Si alguna vez llegué a sentir pasión fue aquí, con ella, un día simplemente pasó caminando junto a mí, mientras yo leía, oí sus pasos, sus zapatos de viaje y sus bien formadas piernas, incorporé mi vista y le vi, de pensamiento simple y apariencia sofisticada.

Se sentó no lejos de mí, esperaba atravesar el Canal hacia Inglaterra igual que yo, el mismo vértice que yo, pero a diferencia mía ella tenía su vida feliz y apaciguada.

Pocas horas de primavera duraría ese trayecto, pocas horas, horas cortas que se han ido prolongando por siglos.

Apariencia sofisticada, acento inglés, comenzamos a platicar de mí, de mis conceptos en verdad tan enredados de vida a los veintitantos en que mi entender se develaban lógicos a la vez que absurdos, y ella me escuchó pacientemente:

–"Es difícil empezar a expresarse cuándo no se sabe qué se va a decir, cuando se sabe que quizás será inútil para encontrar lo que sea que he de descubrir.

No tengo las respuestas, y es difícil plantearse adecuadamente las preguntas, y sólo se refieren al sentido de todo esto, de toda la vida y de la muerte, de lo intenso y de lo sensible, de lo frío y de lo ardiente, no sé para qué. Quizás todo esté en desidentificarnos de los conceptos, de nuestras programaciones, de nuestra educación, de nuestra religión, de nuestro

113

amor, de nosotros mismos, pero veo sumamente alejada la posibilidad. El modelo es insuficiente.

Recuerdo el momento en que dejé mis alas, conscientemente, para ver como era el caminar, para andarlo con mis pies y no verlo a través de un guión, para correrlo y recorrerlo por mí mismo y no por la guía, y ahora he dejado de sentir los pies, aún caminando descalzo, el frío y el caliente, el vidrio y la seda, sí se sienten como frío y caliente, como vidrio y seda, pero eso no me deja nada más que frío y caliente y vidrio y seda y es el fin de esa historia que se ha venido repitiendo tiempo acá. Y las preguntas, qué orgulloso que soy tan inteligente que me hago mil preguntas, qué inteligente soy y que falto de felicidad ando.

¡Qué inteligente soy! hecho a obra y semejanza de algo o alguien que probablemente yo no tenga la más remota idea de cuan magnífico es, ¡qué soberbia de pensar que somos la imagen y más aún la semejanza! ojalá que el Creador de todo esto no esté hecho a semejanza mía porque aún no defino la sutil línea tangente en esta gran curva, de esta gran espiral en multidirección.

Y la educación, y los compromisos, y todo el contexto sirven para mantener un equilibrio social, artificial, muy muy local, pero el sentido de mi estadía estoy seguro no está en un estudio, en un noviazgo, en una profesión, o quizás no me doy cuenta que está en las semillas que vamos regando por todo el camino de la academia, del amor, de la familia, pero siento que son también conceptos creados para llenarnos de satisfactores alcanzables, que poco tienen que ver con la "Realidad", con lo Real, con lo que es, ¡fuera todo deber ser! sentir la Realidad.

Cada día me emocionan menos las cosas, cada día, y hoy quiero ayunar de todo, de sonidos, de alimentos, los sentimientos se han ido por sí solos ya ni siquiera tengo necesidad de ayunar de ellos, y de mí mismo, de mis roles, de mis sueños tan artificiales, tan existenciales, tan fines en sí mismos, trato de alcanzar esa gran exhalación que está pudiente en mi pecho, pero mis suspiros no han alcanzado tan hondo.

Me duele, y me da coraje, mucho, porque tengo miedo que al final de este día o de esta noche, llegue sin una respuesta y vaya a adoptar las costumbres artificiales, conformadoras de nuestro orgullo de sociedad, religión y resignación, para los cuales no creo que haya sido dispuesto crear tanto mundo y tanto cielo y tanta guerra y tan infructuosas búsquedas de paz, empezando conmigo mismo.

Sigo por ahora buscando la gran exhalación de viento en mi pecho que no ha alcanzado el más fuerte de mis suspiros.

Es difícil asunto el que me tiene aquí, camino de lo desconocido, ¿dónde ser?, ¿en algún lugar creer? Si el creer no nos conduce a ningún sitio, si todo esto es una simple broma y no un sueño, ¿qué hay si fuese real?

No estoy seguro de nada, nada acarrea ningún sentido en sí, y tal es precisamente el asunto, el objeto de su abstracción.

Realmente no hay nada aquí. Extraño, sólo soy un extraño para mí, lágrima seca, certidumbre vacía, sin alguna teoría comprobada sólo vínculos. Las cosas se vuelven autofinalizables.

Tan divinamente lejanos y altos, son aún riesgos ambicionados sentidos como sangre inyectada dentro de mis fluidos de arterias, hecho lento pero dulce, alto pero fuera de los ejes, como si no le necesitara, como si no me necesitara a mí, de cualquier forma inyectado lentamente, justo como si no hubiera nada más por sentir...

Quizás el tiempo, más probable nada acerca de él. Quizás la fuerza o la necesidad o cualquier otra conducta convenida, ¿qué es?, ¡sólo dime qué es!

Muéstrame la diferencia entre creencia y futilidad. No hallo ningún bien en comportarme ni en gemir, de cualquier modo el silencio continúa en su viaje fuera de mí.

Y todavía estoy aquí. Sí, todavía estoy aquí, aún si no pueden escucharme, aunque la vida esté en la marcha de la fuga, aún cuando el silencio más sonoro rodeé mis oídos abiertos, quizás esté extraviado, pero todavía estoy aquí, todavía estoy aquí."

Mydir, me escuchaba con atención simple, ella en cambio, resumía todo ese entendimiento en conclusiones de pragmatismo evidente, mientras yo no sabía que hacer con todas las variables de mi vida, ella me contestó diciendo:

–"Una mañana me desperté, me di cuenta que necesitaba ser feliz y me decidí a serlo. A partir de entonces si tenía hambre comía, si tenía sueño dormía, no planeaba demasiado hacia el futuro, sólo lo necesario para ir acompasando cada día.

Ethián, no lleves cargas en tu vida, si hubo situaciones en las que no tuviste culpa pero te afectan y no te sirven para ser feliz, no tienen sentido, déjalas, no lleves cargas, haz tu vida ligera, que sólo necesites lo que llevas en tu persona.

Y las situaciones en las que sí tuviste culpa, que te siguen afectando y no te sirven para ser feliz, déjalas también, haz tu vida ligera, yo no soy un ángel, no tengo alas, pero vuelo, sé feliz Ethián, vuela tú también, sólo tienes que recordar cómo."

Y así, mientras desarrollaba esa tesis durante las horas de aquella noche yo sentí sanar. Había encontrado las respuestas, para mí era evidente.

Llegamos al puerto de Dover, me despedí de ella sintiendo el florecimiento de su filosofía en mí.

–"Mydir, ¿nos volveremos a ver?"

–"Si tenemos suerte sí, volveremos a vernos."

La perspectiva interna irradió para mí un amanecer muy distinto, precisamente más ligero, a partir de entonces sentí en mi vida inspiración.

"Highlands de Inverness, Escocia.

Mydir:

Desde nuestro encuentro inicial la siguiente idea vino a mi cabeza: "tal vez tú eres la semilla de mi mayor sueño y de mi viaje más grande."

116

Momento tras momento que camino lo sigo creyendo, una semilla, de amor, de paciencia, la semilla de una mente volviéndose loca, construyendo el camino, una semilla contra los obstáculos de los inicios, una semilla más fuerte cada día.

Un sueño, sueño a ser alcanzado con ojos abiertos, para ser logrado únicamente a través de un sincero entendimiento de la vida

El más grande viaje, entendido no sólo como un trayecto hacia Guildford, sobretodo un transcurso más profundo, un transcurso introspectivo hacia mis razones, mis convicciones, un total redescubrimiento de nuestras alternativas y decisiones; y finalmente, la búsqueda y encuentro de nuestras alas, las tuyas, las mías, y las alas de los vuelos que recorremos unidos.

Siento nostalgia pero estoy feliz, estoy dispuesto a sentir los vuelos, esos caminos del viento que me han hecho respirar nuevamente, que me han hecho recuperar mis palabras y los actos de tu amor.

Seguiré trabajando en nuestras alas, ligeras pero fuertes, porque ellas construirán el camino para conducirme una vez más a experimentar la tesitura única de los sueños que compartimos amalgamándonos a través de nuestros brazos.

Con amor, Ethián."

Primero fue una noche de barco, y en efecto, las alas que esas horas maduraron me llevaron hacia ella. Así fue como pude conocer su signo, su mente pragmática, orientada hacia la felicidad, con mayor detalle, su filosofía de no llevar cargas... incluyéndome a mí.

Aprendía de ella, la iba conociendo y tratando de entender: mente y experiencia, el resto tan hermoso pero tan silencioso, sin sonrisa, sin equivocados ni correctos, sin sintácticas ni semánticas de palabras de amor, sólo buscando ir develando la vida.

Mente y experiencia al final sólo seré, quizás ni siquiera una imagen evoque en ella, así como no existen momentos especiales y no importa el nombre, todo es solamente un hecho del destino y de la suerte que ornamente los flujos del tiempo.

La imagen se queda atrás, las palabras también atrás, y la plena conciencia de que aún el más preciado minuto sólo sesenta segundos durará, ¿yo atrás?, quizás; sólo permanezco en su entendimiento como experiencia, como un evento que deambulará por su mente, mientras sigue ocurriendo todo lo demás.

—"Ethián, no tengo alas, pero puedo volar. No necesito muchas cosas porque me hacen la vida pesada."

Todo es mente y experiencia. Abrumador encuentro del destino contra la autodeterminación, argumentos de sabiduría, sostiene Mydir, y dice que amor es en el comienzo, después será posiblemente sólo querer estar, pronunciado en un tono tan natural que únicamente un espíritu de corazón entregado fue capaz de transmutar sus convicciones en debate.

Así, los argumentos del pétreo destino y las pasiones circulantes del amor desembocaron un delta y comenzaron a fluir, sin conclusiones entintadas mitad blanco y negro, y mitad policromática ilusión, pero no observaba el pasado ni importaba el futuro, debe durar mientras y hasta lo que vaya a durar.

Sólo así, más nada.

"Mydir amada: Gracias por estos días, todas nuestras pláticas acerca del destino y de las alas que son tu forma natural de pensamiento, tu filosofía para mí ha tornado mi vida más completa, entendida y sobretodo ha aligerado las cargas de mis futuros.

Sólo una gran pregunta retumba dentro mío: ¿es el amor una carga? ¿cómo puede el volar y el amar estar en conflicto? Creo que el amor está pleno de mente y de experiencia también, es sin duda, su mayor fuente de entendimiento e incluso, uno de los más grandes motivos para volar.

¿Dónde está el amor en este modelo ligero?, si amo ¿podré volar? ¿o a través de los vuelos dejaré ir todos los riesgos de salir herido?

Me gustaría saber volar, pero aún llevo tanto bagaje innecesario arrastrando, arrastrándome.

Aunque sé que podría dejar toda esa carga con poca dificultad si siguiera tu teoría y observara mi sombra decrecer y decrecer mientras más me vaya elevando, ¿nada detrás verdad?

Sin embargo, si hubiera pensado de ese modo en el pasado reciente, sólo te hubiera vivido como mente y experiencia de una noche de barco y ya, pero la penetrante fragancia de tu pensar te mantuvo viva en mi vida, encendiendo llamas diversas de sabiduría, de amor, de suerte, atreviéndose en principio a retar al destino, como lo haría cada hombre apasionado, y ahora veo que el destino está conmigo, dentro de mí, para mí, no en contra.

Por ello te agradezco nuevamente por estos inolvidables ciclos de mente y de experiencia, quizás yo también encendí alguna llama en ti; sea cual sea el caso no creo que me lo dirás, no importa. Mi vida cambió, mis cargas ya comenzaron a quedarse abajo en el suelo, mi corazón bombea sangre a todo mi cuerpo a revoluciones distintas, y la primera lección a este renacimiento para mí es llegar a lograr el significado de dejarte ser.

Gracias por invadir mi mente, por confundir mi corazón, por tus guisos, por mis decisiones, por mis noches, gracias por decir adiós siendo verdadera en el porqué de tus razones.

Te amo y hallaré el decálogo para comprender este amor, para hacerlo más grande a través del tiempo, pero en mi mente nunca más como una cadena que debilite el corazón, sino como una sólida experiencia en el conocimiento de la vida, y ahí residiré.

Ethián."

Y eso fue lo que traté de hacer, no supe si aquellas pláticas acerca de la suerte y la vida continuarían a través del denominado "futuro", supuse que no, pero el destino es la herramienta de la vida para equilibrar las ambiciones del alma humana, mediando entre lo relativamente bueno y lo aparentemente malo, entre la convicción y la circunstancia.

Estas creencias de fortuna y destino incrementaron mi confianza en la vida, ya no me sentía atrapado por él, fue una liberación, una develación. Separado de ella intenté poner en práctica el conocimiento dual adquirido, agitar mis alas. Meses después de haberla visto por última vez recibí una breve carta suya:

"Ethián, quiero que me muestres las alturas a través de las alas de tu amor, eres bienvenido. Te quiero creer, Mydir."

En ese instante mi mundo se volvió un mundo mágico, cualquier fantasía era posible en ese momento, cada elemento formaba parte del cuadro, cada nube era un óleo, cada árbol un fresco, en el amor que viví con ojos victoriosos, con corazón creador adolescente, con letras y fantasías adolescentes de ilusión, vivimos juntos inmersos en nuestra metáfora de Bosque:

Sólo un instante déjame verte más, sin complicaciones déjame amarte, Mydir no apagues el fulgor de tu ventana antes de animarme a soñar por ti, déjame acariciar mi secreto lunar; Mydir en un bosque eternamente unidos, con un calor tan especial y así va:

...Mydir admira aquel corcel, Mydir ¿dónde escondes?, ¿dónde vives tus riachuelos bella sonrisa? Yo continúo siguiéndolo mas Equus se pierde tranquilo, yo continuo pisando hierba fresca, oliendo coníferas y mirando al cielo preciso. Como ahora, saldrás al alba y yo y tú jinete por un pedregal con helechos, por un otoñal con hechizo conducimos.

Ethián un corcel recorriendo temprano el camino, el trinar nos alumbra al día, el estelar en nuestras miradas sacude por las noches el heno aposento nuestro, musgo y piedra, acantilado, hierba y pinares, helo aquí: es nuestro Bosque, puro y cristalino porque es tuyo, enigmático enredado en arbóreo laberinto por ser mío; observa moverse sereno y firme, valiente, convencido es el galope por el paraje del corcel, que época tras época montamos, y el Bosque, nuestro Bosque, en sol de frío nos cobija, en flor de lluvia nos salpica y en la estampa poesía de la luna nos amamos, Mydir, Ethián y Mydir, por siempre nuestro Bosque, síntesis y complemento de nuestra más hermosa realidad y nuestra corcel fantasía.

Se va coronando la noche temprana, se calidifica con la brisa del Bosque, noche temprana en la que despierta la otra naturaleza verde, el mundo boscoso profundo mira, sólo mira y no divises pues tus ojos no penetran todo en la noche, sólo irán hoja tras hoja, pisarán piedra tras húmeda hoja seca tras piedra, y cada hierba reverdece en negro, cada árbol y su sombra oscurece en verde, corazón, que me persigues y te sigo sigilante, noche en nuestro Bosque vigilia, te tomo fresca hoja nocturna y te besaré noctámbulo de Mydir, toda una noche de Bosque y viento, de exquisita fragancia negra tu cabello oscuro cubriendo mis distraídos ojos en ti noche por noche respiro y siento.

Intensa con su luna fija sigue tras la vegetación de su apertura continua. Avatares las estrellas, galantes de verte asomar entre los pinos, sin ruido, sólo oído al nocturno, Mydir cierras mis ojos y respiro, tomo tu ser y existimos. Claro de noche, Bosque divino, mi piel de tu corteza está infinito; te sigo, te vibro, la noche del Bosque en tus ojos vivifico, presiente ahora nuestra noche, encuentro de dos en uno tras la luna, noche en universo, beso y verso trasnochado.

Por la noche perféctate en contornos de mi ser, segmenta el mensaje estrellado de nuestra vida aquí, crece del Bosque, camina admirante de la sombra su caída, amada Mydir, la oscuridad nos vive, tú y yo bebiéndola, la noche es vínculo infinito de cada sueño transformado por tu rostro en que ambos nos vibramos noche a noche y alado tras alado.

Habrá cumbres y desfiladeros que conducirán a algún río sereno, observa la punta y baja lentamente por su barranca, ahora por su pino, por su arbusto y nada en el agua, Mydir fúndete en mi líquido, al sentirlo tu físico estará transformado y yo que ya estoy dentro te sentiré como parte del elemento acuo.

Mydir, porque ahora tu piel no será piel más que goteo, porque yo ya mojado cruzo las corrientes que afuera provocaron tu cabello y circulamos amor, circulamos, me reincorporo, ocupamos cada uno nuestro acuífero volumen e hidratos nos bebimos y nos bañamos, porque el Bosque es elementos, porque es sólo encanto, porque hasta el siguiente punto hundido en nuestro lago amor incorporados en sólido te vivo respirando.

Mydir, voltea a ver mas allá del río, un lago, visualiza el agua de nosotros mas en lunas proyectado, Mydir siente en cada poro cada elevación del vapor cálido que el lago hasta Selene ha crecido y ha llegado. Mójate ahora por el frío mojado, por el frío que ambos en agua elemento la noche pernoctando, en agua ahora en sensación mojada helada tras elevarse al vapor de luna brillante, mojada encendida hasta sentir que el agua será siempre amada soy Nosotros, somos agua amada.

Culmina tu elemento acuo y guíate hacia mí, observa el filtro de los rayos del sol, del anillo de la luna y sube en espiral, sube en encanto y suspira otra vez dulcemente, en espiral domina el valle verde del Bosque y podrás visualizar que nos estamos cambiando, fusión de amor porque Corcel no correrás más, porque ahora lleva mi forma y no hay caballo, y no hay corcel, sólo soy Centauro alado.

Surco el viento, respirando el segundo elemento me deslizo a ti, bajo rápido y nos elevamos lento; Mydir abraza a tu Centauro y observa el valle con sus ojos, porque yo soy su personaje, resuena tu ala y cae en picada hasta el ras del jardín consentido del bosque, aletea despacio, respira hondo el ornato que la flor es blanca inquieta y el tallo es largo, ha descendido el Centauro y te lleva en su mirada, busca la crin y observa el fruto.

Delicado con su cuerpo mutado pisará en suelo para descansar su volar en el que te amo al sentir en mi cabello el gentil desarreglo del viento, se lleva poderoso los brazos al pecho y grita tormento hermoso de ser doble segmento al acariciar y bajar Ethián a besar cuidadoso el doble alcatraz de interno sentimiento; lo tengo y lo presiento, lo medito, su sapiencia, su belleza, su virtud.

Yo partiré de mi Santuario de flor blanca y tallo lento, las gotas de nuestros ojos lo van regando y salpican su corriente, el alcatraz de mis ojos crecerá hasta su florecer, es el vientre de Mydir que llegará en otro amanecer a su momento. Te amaré hasta el día de los alcatraces.

Hay densas lluvias, se esparce la tormenta, ya de arena, ya de brisa, ya desbordó el río su excedente y avanza, cual misión de invierno viene pronto, acude lento, recorre la mirada muy delicado, cual ensayo, cual oportunidad de establecer nuestro paraje enamorado, enraizar el magistral árbol ya formado, porque hubo cambio y hoy vive fauna, porque emana evolución y en luz se ha engendrado más perfecta y nuestro Bosque más amado, aborda por el aire, cuestiona por los trinos, cada ser es más seguro y sus mutuos elementos más engrandecidos.

El Bosque oyó el trueno, quien acometió gritando y yo y tú Mydir corriendo y volando, uno en el estruendo, otro en el encanto, uniformes alzamos nuestras manos aprendiendo, madurando tanto, llenando de nuestra fuerza un rayo y fundiéndonos en aliados.

Desde nuestro Bosque y nuestro elemento acuo, desde alcatraces y Centauro alado, misticismo en nuestra luna, y la verdad en el Santuario, quiera el Génesis que nos sigamos amando...

Ese era nuestro mundo de amor, ahí residía yo, sin embargo, la vida no se dio el lujo de ser perfecta. Durante el camino de esta metáfora en uno de los viajes propios de mi profesión, mientras cenaba en Bruselas, conocí a Sie, oscura única, concentrada especialmente en la mente, aún hoy, ya a través de los siglos, ella es la oscura menos sensible que he conocido, la más directa, sobretodo la menos apegada.

Sie había sido iniciada a través de un ataque súbito de su propio hermano mayor quien no era capaz de controlar su sed y sus furias, conduciéndose a la exposición muy rápidamente poco después de arrebatar la vida de su hermana.

Sie no había conocido a sus padres, ellos habían sido convertidos a su vez la misma noche que nació Sie, tras el parto, dejándola para tratar de protegerla de ellos mismos, su hermano sin embargo fue iniciado en el mismo ático donde se escondió y quedó dormido, escapando y regresando a tocar el hombro de su hermana catorce años después.

De esta forma Sie nunca conoció a sus padres, nunca tuvo alimento de su madre, ni por lactancia, ni por cocina y fue rechazada por todos los habitantes de su aldea por temor a la maldición que había caído en el pasado a su familia. Se decía incluso que no había sido concebida con amor, ni siquiera por un encuentro de pasión y sexo desbordante, que ella había nacido sólo producto de una distensión después de un pleito colérico de su padre.

No fue concebida, nacida o educada a través de un proceso de amor, creció sola, no le fueron enseñadas muchas cosas por lo que desarrolló una capacidad muy distinta de percepción, sus procedimientos de total auto–aprendizaje se convirtieron en una técnica única, no repetida ni difundida, es sólo su propia idea del mundo, de sus intenciones y más importante aún, de su natural culto a las ausencias.

Sus ojos siempre observaban, pero su boca rara vez hablaba, cargaba únicamente poco equipaje al inicio de sus peregrinajes, poco después se dio cuenta de que realmente no necesitaba nada ni a nadie, sólo lo que fuera encontrando a lo largo del camino, y a lo largo del camino me fue a encontrar a mí; estúpidamente me entregué a ella, inconscientemente, había algo en su mente que me hacía recordar a Mydir, cuando me percaté ya me había quedado ahí.

Sie no replicaba vampiros, no otorgaba el don a cambio de la sangre, fui su primer y único adepto a la fecha, no sé por qué lo hizo, quizás le causó por primera vez curiosidad conocer a alguien tan enamorado. Una noche mientras caminábamos juntos estaba en silencio cuando dijo a mi mente que no debería permitir que el fuerte amor que yo decía sentir por Mydir se extinguiera al apagarse la débil flama de la vida mortal, yo comprendí. Entendí su instrucción, pero no me entendía yo, entendía la eternidad, pero no comprendía el breve instante para hacerlo, mas yo la conocía, de contrariar su pensamiento nada positivo podría emerger.

Necesitaba escribir a Mydir, sin embargo no sabía qué contarle, mi sonido había cambiado, mi natura era distinta, pero mi amor, mi amor con ella tenía, debía ser inmortalizado, no podían nuestros mundos estar separados, la carta que le envié cargaba gran desesperación:

"Mydir: Tengo una angustia, una angustia que se traduce en taquicardia, que retumba el pecho, mi pecho fuerte. Angustia de no correr, angustia de estar solo con una idea indefinida.

Mi pulso sanguíneo opaca mi pulso neuronal, mi latido expulsa de mis oídos cualquier otro sonido, y me despierto y me desvisto y me desvelo y lamento que el corazón sea tan fuerte que no haya sufrido su colapso todavía.

Siento una angustia, que a veces se dibuja como desafío, a veces no; a veces se proyecta sólo tibio, sin embargo, aún tibio se proyecta y se queda, sin callarse, sin salirse, sin el tonto consuelo del vacío.

Siento una angustia que no disfruto, en mi angustia no confío, yo quiero latir, no el sobrelatido, quiero vivir y no ver mi alma en un hilo, me quiero a mí... me quiero a mí, pero la sombra habita conmigo. Ethián."

A vuelta de correo recibí unas reflexiones de ellas vertidas de pureza:

"Ethián: vida mía, no sé exactamente cuál es la carga que estás llevando ahora, pero transcribo las palabras que han hecho que tú seas el hombre más amado de toda mi experiencia:

Ahora creo que el amor es lo más importante de todo, pide comprensión del amor y medítalo a diario, destierra el temor pues nuestro amor es absolutamente invencible. No hay dificultad que no se pueda vencer con suficiente amor, no hay enfermedad que no se cure con suficiente amor, no hay puerta que no abra el suficiente amor, ni abismo que no pueda zanjar el suficiente amor. No hay muro que el suficiente amor no derrumbe, ni pecado que el suficiente amor no redima.

No importa cuál enterrado esté el error, ni cuan desesperado sea el panorama, ni cuán grande el error, ni cuán enredado el enredo. Si puedes amar lo suficiente serás el ser más poderoso y feliz de la Tierra.

Quiero que sepas que eres lo más grande en mi vida, que contigo quiero ser una sola con el universo y asegurarte que pase lo que pase este amor no tiene final... ."

Debía que verla, le avisé de mi llegada y me encontré con ella en una colina sobre la que reposa el patio de la Catedral de Surrey a las 6:30 de la tarde, era invierno, ya era hora oscura, obviamente me notó muy perturbado.

—"Amor mío, ¿qué pasa Ethián?

—"Mydir hermosa, no me preguntes por favor, no sé qué responderte, sólo déjame tenerte entre mis brazos, acariciando tus cabellos, tomando tus manos."

Sentía amor profundo, pero incómodo, sentía el bruto llamado a hacerla mía, oscuro, antinatural, pero eterno; no podría surcar mi existencia eterna sin tenerla a mi lado, no podría explicarle para obtener su rechazo, ¡no puedo, no puedo estar sin ella!

—"Mydir, cierra tus ojos por favor, acerca a mí tus oídos, escucha amor mi Bosque inmortal:

Nunca habrá un escape sin tu ayuda, fui a pintar las nubes con tu esencia, vivo en el Bosque y a ratos soy conífera y tú eres bella, te espero elevándome, elevándome, divísame en el cenit y del atardecer soy sangre, para darte muerte y vivir y renacer. ¡Ámame y sé siempre verdadera! compañera mía y complemento divino, acéptame en la lluvia, por la lluvia que pudo haber habido en tu vientre, elementos de nuestro ser, ahora viviremos eternalmente compartidos, en la verdad primera, en el origen, tú mi Alfa, yo tu Omega."

Al terminar estas palabras sentí correr en mi mano una lágrima suya, y yo sin pensarlo más la hundí en el viaje de eternidades que la aislaría de la luz para siempre, todo en el nombre del Amor.

Clavé mis colmillos, sorbí su sangre, Mydir se convulsionó intermitente durante largos minutos, abrí una herida en mi muñeca izquierda y le di de beber, me tomó por instinto, soltó mi mano y quedó dormida, la cargué en mis brazos al patio de afuera, pasé por las calles cargándola, derramando sobre nosotros la luz de luna llena, noche de fríos, me interné en el campo, en el bosque, finalmente al llegar a un valle cercano la deposité sobre la hierba poco crecida, me hinqué a su lado y llorando, a través de sus cabellos, amargamente susurré a ella y a su falso Dios:

"Me llegan, me llegan las notas de una sorda música, iré maldito hasta que la serpiente muerda su cola. Cúmulos del corazón anidados tras mi pecho, pesan, por vivir a destiempo.

En su lecho recuérdenme alcatraces divinos, pues trazaron mi trayecto; de recuerdos a la muerte cubrieron mi gloria.

Pero te amé y seré tu amado, del beso al suspiro, a la anatomía de las emociones, a la noche iré procurando que el ser ahora se encuentre hermafrodito, que halle su complemento fémino con su esperma preciso y así brotar en nuestro tiempo neo.

Fénix del alma, sea perfecta la nueva natura, que mi sangre sirva para haber marcado también el pulso correcto de tu gloria, en la gloria del amor, en el nuevo espíritu, en el placer cautivo, permítenos desde hoy ser eternales, más infinitos que el Tiempo.

Realce el amor, pernoctando yo despierto y mi mujer dormida. Como cuatro millones de albores cuando apenas han sido mil días."

Mydir ya era mía para la eternidad, pero dentro de mí sentía que la había ejecutado en la más grande traición al amor ¿qué he hecho? La palabra eterno no es el significado que quiero. Mydir, espero que entiendas, espero que entiendas ¿qué he hecho?

Tengo frío, la he convertido a oscuridad, la he maldecido para siempre, ¡no puede ser! ¡Maldita Sie y maldito yo! ¡la he maldecido para siempre! ¡Nooooo!

La deposité en el pasto y arrepentido corrí, corrí tratando de dejar atrás el acto, el asesinato, la conversión, corrí con mil pensamientos de dolor sobre mí y mientras yo corría ella despertó, aún en mi huida yo escuchaba sus pensamientos y por nuestros vínculos claroscuros también ya ella los míos.

(Ethián)
−"Es la noche más fría para mí,
Cansado de ser un vampiro quiero escupir este tumor,
Quiero huir sin dejar que tus recuerdos de ti se vayan,
Tus recuerdos tan fuertes de otros tiempos."

(Mydir)
− "Es la noche más fría para mí. ¿Dónde están todos ahora?
Tan fría esta noche en que mi vista se proyecta sólo hacia los cielos oscu-
ros.
Este cielo que solía ser mi punto de vista, mi punto de comienzo,
Mis planetas con el brillo de las estrellas alrededor;
Y esta noche sólo está la noche, hay belleza por supuesto,
pero siento que la soledad es un tono absolutamente sobrecogedor hoy."

– "Recuerdo un pulso cardíaco que alguna vez se llamó pasión
y no muerte.
Me recuerdo persiguiendo los pulsos de tu pecho y de tus
senos, no de tus venas."

–"Estoy sorprendida porque me siento como enamorada,
pero ya no puedo sentir mis propios latidos del corazón.
¿Porqué? ¿Porqué me hiciste esto?"

–"Me recuerdo saboreando tu cintura y no tu cuello.
Recuerdo claramente tu calor, nuestras fiebres, nuestros amaneceres juntos
uno a uno, en una quietud silenciosa, en una paz inmutable."

–"Hace años eras siempre tan brillante, el héroe de mi vida.
Ahora aunque no te puedo ver a mí alrededor siento que me
has tomado profunda pero despiadadamente."

–"Tu voz no tus dolores,
tu amor,
tus caricias,
Nuestras atmósferas de canto y no la naturaleza oscura que ya
no puede dejarse atrás."

–"Me doy cuenta mientras estos lentos segundos ocurren, que
ya no pertenezco más a mis ojos,
¡Violaste mi espíritu Ethián, dejaste mi alma ciega!"

– "Te juro que esto nunca debió pasar.
Nunca fue mi plan.
Jamás incluí tales versos en mis poesías de amar."

–"No puedo…no puedo encontrar el lugar al cual debo retornar,
No sé por qué, pero tengo esta urgencia que ocultar."

—"¡Y ahora ya qué puedo hacer, todo el abuso de la naturaleza
oscura está ahí, desde que mi cuello fue mordido también!"

—*"Tenías mi amor,*
Tenías mi cuerpo pendiente de ti,
Pediste ambos,
Urgente, desesperadamente los pediste…y te los di
¿Porqué entonces ni siquiera me preguntaste si te dejaría tomar la breve
luz de mis candelabros?
Vivo en la noche más fría,
En la frialdad, heladez,
Maldita tu noche de fríos…"

— 'Perdí los pulsos,
Los calores,
Mi más grande pasión: ¡Tú!
Mi más grande: ¡Tú!"

—*"¿Dónde estoy?*
¿Dónde están todos esta noche?"

-"Y ahora estoy extrañando aquellas noches desde hoy cada
noche.
Voy junto a ti sin ti,
Solitario sintiendo nuestros abrazos tornarse más fríos y más
lejanos,
Observando cómo mi visión pierde su brillo,
Sin valentía para nunca jamás,
Negras sombras esta noche incluso en la oscuridad."

—*"¿Porqué no me diste la opción?*
¿Eres tan inseguro de ti?
¡Puedes estar inseguro de la vida o de vivir a través de la muerte, pero no
de ti!
¿Porqué lo escondiste de mí?"

–"La noche más fría de todas es esta noche, estoy pensando
en ti,
Pereceré con mis pensamientos,
Ahogado dentro de ríos y lluvias de sangre,
Mientras llegamos a ser lo que somos, amotinados contra
nuestra fe."

–"*¿Cómo pretendes que vaya contigo a través de una constelación llena de
extintas estrellas si fui forzada a tu maldición?
Ahora me siento como una esclava dentro de tu estado,
Ahora siento que me he perdido completamente en dos maneras:
Primero en tu respeto hacia mis propias decisiones de toda clase,
Segundo y último hacia los ecos de mis actos naturales.*"

–"Mydir, no me odies tanto si vamos a existir,
Si todavía estás ahí,
Sólo recuerda que la naturaleza del ave es volar,
Y así como los escorpiones nacen para aguijonear
Mi destino es estando vivo morir.

–"*¡¡¡Devuélveme a mí!!!
¡¡¡Para la Eternidad!!!
Asesíname de esta Muerte o no me volverás a ver después de mil años o
dos mil,
Mi respuesta hoy es ¡maldito seas Ethián!
Y ahora te condeno a que me abortes de ti…*"

Ethián hablaba con una pasión que jamás había visto en
mi vida, sus reclamos a Dios colapsaban cualquier teocentris-
mo. Imagino el insoportable dolor que llevaba lacerándolo por
siglos, las brutales venganzas que habría conjurado en sus
centurias de odio y oscuridad hacia el amor y sentí compasión
por él.

—"¡Qué humano era yo! Bastante más que muchos, ¿por-qué dejó que yo la mordiera en el jardín de su propia Iglesia? Se supone que mi cuello debía cargar su Cruz colgada de una cadena de oro para expresar mi confianza y mi fe pero sólo expresó mi odio, desaprobación y un permanente desenten-dimiento; mi decepción ya ha desaparecido desde hace déca-das, esa es una carga por la que ya no le culpo.

Mientras tanto, aprendí a reconocer mi consuelo en la muerte, la muerte estaba llorando, la muerte era valiente, la muerte me enseñó a estar más vivo que la mayor parte de ustedes, vivos muertos estúpidos, porque podía darme cuenta de su realidad sin creencias externas, sin juicios internos, sólo aceptándola recorriendo el tiempo con esta noción real de la existencia sin cargar condenas al infierno ni reencarnaciones, promesas, Juicios Finales, estructuras sociales o zonas de con-fort, cargando únicamente las percepciones con las que estoy genuinamente en contacto.

Derivo entonces que sí, muy seguramente eso es lo que tu "Todopoderoso" quería quizás para mí, portar un cuello mor-dido en lugar de una Cruz áurica. Muy seguramente ese es el siguiente paso en la evolución de este mundo.

En repetidas meditaciones he concluido que nosotros vampiros estamos más cerca, en términos de calidad, que la tan sopesada Máxima Creación de Hombre y Mujer, que se exaltan tanto ahora, cuando lo que han hecho es que han evolucionado miles de años para convertirse en capaces de destruirse a sí mismos con armas de muerte automatizada, o sin llegar al genocidio, destruir familias enteras y todo bajo un velo de valores tan falsas. Valores financiadas por sus egos y nunca fundamentadas por la esperanza del Amor..."

Tadgh bajó del púlpito y posó su mano en el hombro de-recho de Ethián, Ethián me volteó a ver, encendió de fuego sus ojos temblorosos y se retiró de la escena con un aullido interno y silencioso que todos alcanzamos a percibir.

La historia de Mydir y Ethián sin duda me había impactado, pero ¿cuál era el argumento detrás?, ¿a dónde vamos con todo esto? ¿porqué querían convencerme? No sé, pareciera un libreto predestinado, un performance, parecía una secuencia tan lógica, ¿porqué simplemente no me tomaban? ¿porqué presentaban raciocinio? ¿porqué parecían conocerme tanto?

– TU MUERTE –

Para estas horas agradecía que aún tenía mis latidos, mi libre albedrío, ¿qué pasaría con las consecuencias? ¿si lo acepto mato a Dios o a mí mismo? ¿si me niego? Sin embargo, mi mente está prácticamente agotada, desvarío, tengo miedo, me olvido de ellos y me centro en mi temor, como nunca tengo miedo, me siento con frío sujetándome los hombros, me siento engarrotado, necesito que alguien me abrace, no quiero pasar la noche solo.

Me siento inseguro, me siento con miedo, siento escalofríos que se inyectan por mis hombros como jeringas preparadas desde arriba.

Tengo hambre, necesito acompañarme de alguien, alguien que pueda estar sólo a mi lado, minutos, horas o días sin preguntar, sin tratar de averiguar, sólo quedarse aquí, a mi lado, entendiendo que estoy petrificado de miedo y esperando que este miedo se marche.

Tengo miedo, tengo mucho miedo; clavo mi mirada al piso, aprieto mis dientes firmes presionando mis mandíbulas sin darme cuenta, como si fuera a recibir un golpe, como si fuera a sufrir un infarto, como el sordo segundo antes del impacto.

Y no sé qué hacer, me está inmovilizando, lo siento recorriéndome el cuerpo, apoderarse de mí, entrar y ser dueño de mis nervios, mi piel fría y caliente.

Necesito su abrazo, pero sé también que si me toca lloraré y perderé fuerza y lucidez…tengo miedo, es mi única señal, es mi última señal, tengo miedo, me deploro y petrificado quedo.

135

–"Disolución Mihangel" – intervino Kyle – "antítesis egoica, ahora sólo portamos la imagen, la carne, la estampa, más no la persona, Mihangel no será Miguel Ángel, Miguel "el Ángel" quedará sepultado en la perdición de todo aquello que construyó como cierto, como vivo, afirmando que muerto estaba lo que él había aprendido como muerto. Él único que morirá será su infame ego, su absurda y violenta perspectiva de aprendizajes y racionalizaciones, ¿a qué te aferras? ¿de qué te dueles? ¿estás seguro que eres tú el que externas tus dolencias?"

La identidad vampírica, en aquellos orientados al entendimiento es más parcial, mucho menos conceptualizada, porque se distribuye mayormente en el tiempo, porque la sangre es nutriente, no matanza; porque no estamos vivos y no estamos muertos y sin embargo dialogamos, pero en ocasiones la dualidad se suaviza demasiado, al extremo de poder perder la orientación y caer en aquellos seres corroídos, extraviados en mundos de vudú y colmillos, buscando con furia el impacto de la pulverización.

No esperes ser un ser encantador y conceptualizado, para eso vuelve a tus fiestas, museos y conciertos, ésta es una contemplación activa de las transiciones, de los líquidos sagrados, del Dios que nos posee y nos brinda supervivencia, no el de expiación y exclusiones, de los Dioses que somos nosotros mismos cuando logramos vomitar nuestros egos ¿qué te detiene?

Aún nuestros colores son la ausencia del color, la ausencia de la preferencia, la ausencia de la gama y por eso aparecen tan perfectos, vibraciones bajas, inaudibles, ineludibles, nos seguimos perfeccionando, sin distinción del bien y el mal, con las acciones que nos ayudarán a entender más la estación que otoñamos.

Aún conservas tu mayor don: tu muerte, aún puedes quedarte ahí y aplaudirte por haber tomado esa decisión. Mihangel, antes de que la tomes, como tu Maestro, déjame devolverte algo que te pertenece."

–¿*Michel? dijo una voz íntimamente conocida que venía de la puerta de entrada. Volteé, era ella, mi más hermosa visión, mi más anhelado sueño, mi profunda rebeldía ante la realidad imposible, mis sueños virtuales, mi vida rota, mi gran fractura, mi génesis, mi Carmen, mi Madre mía.*

–"¿Mamá?

–"Sí Michel, frente a ti, no estás soñando, aunque cuando me sueñas sí soy yo en tu pensamiento ahora estoy realmente platicando contigo, ambos presentes, ambos despiertos. Hemos andado diversos pasajes necesarios cada uno por su lado pero hoy los hemos concluido." – me decía mientras caminaba hasta donde me encontraba.

–"¿porqué? ¿cómo?" – mi rostro se encontraba fruncido en total desorientación – ¿no puede ser verdad? ¡no puede!

–"Hijo, en el mundo hay más verdades de las que conocemos."

–"No puede ser, no puede ser."

–"Es, créelo Michel, es verdad, el personal de los crematorios ha sido dueño de temibles secretos por siglos."

–"Te veo hermosa, ¡te he necesitado tanto!"

–"Ya no volverás a necesitarme más, estaremos juntos siempre, amado hijo."

Empezó a caminar hacia mí, en ese momento yo perdí toda claridad y lucidez de dónde estaba, con quién, porqué, sólo sé que estaba platicando con mi Madre, después de todas las trayectorias, era evidente que no había nada más que yo deseara que estar reunido con ella...

–"Y yo contigo hijo", pronunció contestando mis pensamientos.

Por fin llegó donde yo me encontraba, nos abrazamos, por un instante recargué mi cabeza en su pecho y cerrando mis ojos le dije:

–"Madre hermosa, jamás volverás a irte ¿verdad?"

–"Michel, ¡a partir de este momento estarás conmigo hoy y siempre!."

La gama más absoluta de recuerdos de nosotros pasaron por mi mente a velocidad vertiginosa: dentro de su vientre, la primera vez que reconocí su rostro, su imagen enseñando en las primaria, sus bailes conmigo, su complicidad de madre, sus consejos, sus bromas, los viajes de la familia y su profundo amor, que aún ahora fallecido su cuerpo me acompañaría eternamente.

Abrí mis ojos y bruscamente arrojé al suelo al ser que me abrazaba justo antes de tratar de darme una mordida maldita, tomé una cruz de metal delgado que se hallaba en medio de la sala, cerca de mí. – "¡Tú no eres mi Madre!" y la clavé en su corazón, haciendo estallar su pecho. "¡en el nombre de Dios libero el cuerpo de un ser bendito!."

–"¡Nooo!" gritaron enfurecidos Kyle y el resto de los presentes.

Kenneth, Tadgh y Deva volaron hacia mí, sujetándome brazos, piernas, transfigurándose en entes demoníacos y tirándome del cabello.

Kyle aumentó de tamaño, su sombra creció posándose sobre mí, sus ojos me bloquearon todo pensamiento que no fueran sus palabras y sentenció:

Asumo que soy de la muerte su mejor parte, su parte más amable. Asumo que es la única reconciliación.

Estúpido Miguel Ángel, es más eficiente preguntarte qué hacer con la muerte a qué hacer con la vida, es tan sólo una tarde, una siesta, y la muerte es el parto más fundamental. Mucha gente se pregunta por qué al nacer debemos empezar de cero, con la muerte eso cambia porque estás aquí con tus experiencias de vida sin fecha determinada de extinción, inminente extinción quizás pero fuera de la estadística registrada.

Deva continuó:

–"Yo soy el rostro de la muerte más amable, tan frío y erótico como una botella de vodka, tan letal y aplastante como un león devorando hambriento un corazón. Soy el rostro más gentil de la muerte porque sé que mi espera sí fructifica, porque sé que al quitar la vida no la usurpo pues en principio realmente a nadie la vida pertenece. Soy el rostro más terrible, más temible, más creativo y hoy vengo a sentarme contigo a comer tu cena y a coger en tu cama, soy el rostro que recordarás por siempre.

Soy el eterno demonio que hoy se manifiesta como hermano obligado, hoy rozo tu cuerpo, lo estampo junto al mío, por un segundo olerás el sudor de la muerte, inhalarás mi aliento, mirarás tu rostro reflejado en mi pupila abusiva y te como y te cojo y te muerdo, te desangro para darte muerte, para besarte, para beberte y ser uno sólo los tres con la muerte.

Hoy probarás el vino más gentil de la muerte, hoy serás consumidor de mis magmas, hoy dependerás de mi vileza, de mi asesinato, hoy tendrás un apetito seco y una mirada delirante, delirio de voracidad pélvica, delirio de odio, delirio de morder el cuello, de succionar los senos y clavarte ahí detenido como sanguijuelas de pechos abiertos, de tórax proveedores, habituado a sostener los estertores de los torsos y mamar el ácido sabor de las articulaciones.

Hoy platico contigo, soy tu Padre y tu Madre, soy tu Muerte. Ámame, cógeme, bébeme, existe siempre presente.

Necesito que seas mi semental, bríndame el semen de tu vida y la sangre de tu muerte, los quiero tener, quiero poseerlos siempre, en mis manos, en mis labios, entintando mi frente; quiero ser tu intimidad más profunda, ver tu nuevo brote, toco tus pies, lamo tus piernas, me pierdo y me encuentro entre ellas, tu abdomen me reclama y tu pecho, tu pecho arde para mí con dolor y con insuficiencia, tu cuello pronto dará de sí, tus manos apretarán mis caderas, las contornearán, las clavarán a ti.

Tus ojos ven y no me creen por eso se cierran, te abriré en un anfiteatro de sexo penetrante para llevarte ahora por los patios pétreos de la muerte.

Nunca te cansarás de vivirme, nunca te negarás a admirarme y serás siempre discípulo mío, mi amante necrofilia, mi asesinado amante, mi víctima perdida y mi encontrado equilibrante."

Tadgh, se adelantó unos pasos y me dijo:

—"Siempre vivirás agradecido, te lo digo yo que ya lo experimento, te lo digo yo que de sangre ya me alimento, que ya cerceno, mutilo y devoro escarlatas conductos de sangre.

La primera vez te será difícil y eso no para todos, si le vas a dar muerte no pienses en su vida y si le vas a dar vida no pienses en su muerte, sólo mata y asesina, sólo muta la Trinidad con un cuarto elemento. Aliméntate como el vivo, la serpiente y el águila y guarda altura y misticismo como ellos."

Kyle concluyó:

"Eres maldito ya, pero ¿a dónde te hubiera llevado la bendición?, cuánto cambia eso la realidad del planeta, tienes una eternidad para reivindicarte, pero eso no hará que tu hambre se sienta satisfecha.

Tienes hambre y yo tengo ganas de tenerte, sólo piensa en ti y en tu mirada, en ti y en tus miradas, antes del amanecer te dejarás ir para siempre.

Seremos una sociedad entera y victoriosa. Serás mío hasta tu muerte, después por fin te pertenecerás a ti.

Ahora me beberé tu sangre y con ese poder absuelvo todos tus pecados... Amén."

Cien voces repitieron: "Amén."

—"¡Mein Gott!" alcancé a escuchar dentro de mi desmayo. Estaba muy débil, sin conciencia de mí."

—"Ich Seine Hilfen Brauchen!", escuchaba en ecos, abrí lentamente mis ojos, deslumbrante luz entraba por la puerta; me duelen los brazos, no los puedo mover, los tengo amarrados. Incorporo mi vista, estoy atado a una gran cruz, suspendida de la cúpula por amarras, no tengo ropas, sólo un lienzo que me cubre la zona genital, siento que tengo una corona de espinas sobre mi cabeza y llagas de uñas en mi cuerpo.

–"Sprechen Sie Deutsche?"

–"Español, por favor", contesto.

Puedo distinguir hacia abajo, en la alfombra roja, que alguien está recogiendo los restos del irreconocible cadáver de la cena de Deva y Kenneth, ¿qué pasó conmigo? pienso, ¿porqué estoy así?, recuerdo la sombra de Kyle...

"...Seamos una sociedad entera y victoriosa. Serás mío hasta tu muerte, después por fin te pertenecerás a ti.

Ahora me beberé tu sangre y con ese poder absuelvo todos tus pecados... Amén..."

–"Kyle, déjame impartirle lenta muerte." Kyle observaba, me leía profundamente y no contestaba aún a Deva, me siguió observando por unos segundos hasta que habló.

–"No Deva, su estupidez será pagada con algo peor: miedo, le impregnaremos miedo a seguir viviendo, a partir de hoy, dondequiera que vaya al caer la noche estará intranquilo, invadiremos sus sueños, desapareceremos a sus seres más cercanos, noche a noche, irremediablemente vivirá viendo mis ojos en las oscuridades y su subconsciente multiplicará ecos de nuestros rostros apenas cierre los párpados, hasta que una noche cuando al fin crea que ha superado la experiencia, nos presentaremos y entonces, lenta, muy lentamente a él y a todos sus seres amados, nos los iremos devorando. Por ahora, háganle sentir una intensa jornada de sus propios martirios..."

Automáticamente yo empecé a decir: "La luz de Dios me ilumina, el amor de Dios me envuelve, el poder de Dios me prote..." Kyle golpeó mi cara y no supe más de mí.

– Maraña –

Sueño de insectos, arañas, arañas pequeñitas que salen del hoyo atrás del foco; salen muchas, por la pared de enfrente bajan, se acercan a mí. Siguen saliendo del hoyo atrás del foco; parpadeo, no puede ser cierto, parpadeo, siguen saliendo del hoyo caminando por la pared y empiezan ahora a abordar mi cama, son cientos de pequeñitas arañas que sin dudarlo se suben a mi cama.

Empiezo a sentir miles de sus patitas por debajo de mis ropas, al sentirlas golpeo mis piernas tratando de aplastarlas, me arranco la camisa y me descubro invadido, como si trataran de meterse a mi ombligo y comérselo; me las quito de un brazo y me invaden el otro.

Arrojo el cinturón, con la fuerza del miedo rompo el botón del pantalón y lo aviento al foco, al golpearlo se balancea del cable y provoco un falso contacto, se apaga, se prende, se apaga, se prende, dejan de salir, las siento a todas en mi cama, trato de quitarlas de mis ojos, las siento a mi alrededor, siento que se han metido frenéticas sobre mis genitales.

El cosquilleo de sus patas ahora se convierte en angustiante comezón de sus mordeduras, empiezan en el lóbulo de mis orejas, omóplatos, en las yemas de mis dedos, aunque apriete las manos y las mate al abrirlas otras me vuelven a picar, me muerden las nalgas, el pecho me pica con decenas de mordidas incesantes.

Siento todas las mordeduras, me aniquilan hasta el pene, siento ardores profundos, tengo veneno dentro, ronchas sobre ronchas, vasos exprimidos, cientos de colmillitos de arañas simultáneamente entran en mi cuerpo, me muerden, se alimentan, eructan mi epidermis, están a la mesa puesta; me devuelven telaraña, me depositan el polvo de su excremento; sin embargo, me mantienen vivo, semidespierto, han dejado de ser un terrorífico frenético, están plantadas sobre mí como langostas agotando mi cuerpo.

No distingo, no sé pero creo que entran y salen por los hoyos de mi cuerpo, están dentro y fuera, dentro de este aprovisionamiento empiezo a sentir placer.

Placer de la conciencia en saber que muero como soy pero soy asimilado por cientos de cuerpos que me sobrevivirán, que seré cada uno de ellos, cadáver de cadáveres; han pasado los días y sigo, siento como van succionando, mis dedos ya no son más que exoesqueleto; me siento seco y estoy vivificado, me lamen y me relamen, se hartan conmigo, se sacian, anidan de mi ano hasta los muslos, hay más vida dentro de mí, hay copulación en mi garganta, mi tórax está ya abierto, empezó una perforación desde mi ombligo, es el canal preferido, ahora también agotado, olvidado mientras mi estómago que ya no soy más de él, está reseco, rasgado, supurando el agua para sus nidos.

Se apuran de nuevo, quieren agotar su alimento, no deglutir en podredumbres intestinales, siento como me siguen explorando, recorriendo, lamiendo, hay algunas que ansían coger en mis médulas calcificadas.

Recuerdo mi rostro de horror siendo el último de mi cara, con boca de grito, con ojos apretados a punto de sumergirlos atrás de órbitas excitadas, ahora sigue mi cráneo con la misma mandíbula abierta, pero cierto estoy que la veo de sonrisa, ahora es risa, huesos carcomidos, erosión máxima, absorbido, devorado, defecado; ahora soy yo mismo de seis o siete mil patas aguardando dentro de un hoyo atrás del foco, esperando la luz prendida, ayunando, ayunando se me antoja morder el pezón grande de una delgada mulata y así marcar mis 18 poros de terreno.

Despierto y veo un gran espejo frente a mí, estoy en un cuarto de curación pero no de hospital, miro el techo, muevo mi cabeza lentamente a la izquierda pero me duele el cuello, alguien entra, retira unos listones con ajos de alrededor de una ventana y la abre dejando entrar aire fresco.

–"Checo!", dice una monja–enfermera que entró al cuarto.

–"Do you speak English or Spanish?", respondo.

–"Sí, estás en buenas manos, aquí no tienes nada que prreocupar, temimos que hubiera sido demasiado tarde, pero reaccionaste sin lacerración a los fomentos de agua bendita, si no kabut."

–"¿Dónde estoy?

–"Aún está débil de cuerpo y débil también de psique, por su prropia seguridad no puedo decirle todavía, lo único que puedo decirle es que sí sucedió, son reales, sus cicatrices lo atestiguan. Por favor, diga un Padre Nuestro."

–"Padre Nuestro, que estás en el cielo, santificado..."

–"Ja, ja, ja, sólo estoy brromeando, quiero comprobar que no lo dijera al revés, ja, ja; por cierto, su estancia aquí es un secreto, no puede hacer llamadas ni recibirlas, ni cartas, correos electrónicos, nada; comprenda que ahora tienen un nexo psíquico con Usted y la energía en ese nexo aún fluye de forma muy poderosa, pero no se prreocupe, dependiendo de su evolución pronto podrá hacerrse al camino nuevamente. Antes de que me prreguntes, no te diré mi nombrre, pero puedes llamarme Irina.

Empezaron a pasar los días, poco a poco fui recuperando mi fuerza, nadie hablaba de dónde estaba, entendíamos el peligro que corríamos si la identidad del lugar y de la institución fueran descubiertas. Era una fortaleza curiosa: a la mitad de cada pasillo y en cada esquina había extintores cargados de agua bendita y cajas con estacas.

Las reglas principales eran no hacer preguntas y no dar respuestas, cuando alguien era definitivamente dado de alta de aquí, le vendaban los ojos, le daban algo de beber y lo conducían por largas horas hasta depositarlo en un aeropuerto, o en su casa, o en alguna estación de trenes.

Pasados algunos días entró Irina a mi habitación antes de la hora a la que usualmente me acostaba para dormir y me dijo sonriente:

—"Buenas noticias, alguien se acuerda que existes todavía y no es un vampiro, ja, ja, ja; por cierto, por hoy esto será tu única cena", y me entregó un vaso de jugo de naranja y una carta.

—"Gracias Irina", le dije ya acostumbrado a sus risitas y expresiones.

Abrí el sobre con toda la curiosidad del mundo y comencé a leer:

"Sobreviviste, bien, bien, ahora entenderás ya que la Realidad es lo que es."

—"¿La realidad es lo que es?...¡Madame Liévaba!", continué leyendo.

"Estás en un buen refugio, y si ya te dieron a leer mi carta es porque te estás recuperando bien. Dime, ¿cuál es la cruz que cargarás por el desafío al mullo, al vampyr: ¿miedo? Muchos hemos pasado por eso, casi todos los Rom, es por ello que somos espíritus errantes, pero tú no, tú necesitas un poco más de ayuda; atiende bien los consejos de sobrevivencia que recibas porque si no lo haces entonces sí serás otra merienda del más endemoniado depredador.

Primero los básicos, el vampyr sólo temerá los símbolos de fe que le fueron significativos durante su vida mortal, y si haz leído algún atlas o almanaque, tu religión católica definitivamente no es la fe que domina el mundo.

Segundo, todos los seres tienen algunas debilidades, tú puedes demorar un ataque, asegúrate siempre de traer muchas semillitas y redes de pescar hechas con nudos y ponlas antes del caer de la noche cerca de tus ventanas, el mullo tiene un ansia infinita y no se atreverá a atacar si antes no ha contado todas las semillitas y desanudado toda la red.

Tercero, tratarán de llegar a ti a través de tu aura, tuvieron suficiente tiempo para olfatearla y dejarla marcada, por lo que tendremos que romper esa conexión, es difícil, no siempre se logra, pero debemos intentarlo a menos que quieras contribuir con tu sangre a perpetuar su especie.

Para ello debemos hacer un rito, necesito tu concentración absoluta, necesitas ayunar completamente a través de los próximos tres soles hasta finalizarlo en la luna llena. Durante estos tres días harás meditación y deberás bañarte únicamente en el lago que llega por los jardines posteriores del refugio al despuntar el amanecer y otra vez exactamente a la media noche, comenzando en la media noche de hoy y hasta completar siete veces.

Los baños que realizarás serán para liberar tu aura de las impurezas etéricas que coleccionaste abundantemente en las semanas anteriores. Estas purificaciones tienen resultado sólo si alcanzas un alto grado de concentración, por lo que es vital que pases las siguientes 72 horas meditando.

A los tiempos indicados precisos, dejarás la meditación en el cuarto, caminarás sin ropas al lago, no sentirás frío, te meterás en el agua hasta sentir que cubre tu pecho. Cerrarás los ojos, flotas, concéntrate en la sensación del agua alrededor tuyo, estás dentro de un cuerpo líquido; concéntrate profundamente en estas sensaciones, no hay nada más en el mundo que tú siendo fusión con el lago; el agua es una energía que te cubre, el lago es tu aura de energía, visualízala, visualízala desde arriba y lentamente vete acercando hasta ir rodeando tu cuerpo que flota; busca los puntos de impureza en la superficie de tu cuerpo, en sus adentros, enfoca la energía del agua hacia donde están, observa cómo se disuelven esos puntos negros, visualiza tu aura quedando limpia, ahora abre tus ojos y camina fuera del agua, hacia el jardín, hacia tu cuerpo, descansa.

Al emerger la luna llena recibirás mi asistencia.

Cuarto, necesitaré que me pagues posteriormente, recuerda que soy una Rom...Suerte, **Madame Liévaba Kresnik.**"

El tono de la carta era bastante serio, consideré inútil empezar a hacerme preguntas. Leí la carta un par de veces más, vi la hora, tomé mi jugo, di una respiración profunda y comencé a meditar.

A medianoche me desnudé, salí siguiendo paso a paso las indicaciones, en efecto no sentí o no pensé en sentir frío. Al regresar a mi habitación habían retirado el espejo, mis libros, mi ropa, la carta, sólo estaba mi cama, un pequeño taburete blanco y una larga vela violeta encendida.

Seguí mi ejercicio, al principio me costó un poco de trabajo, pero conforme pasaban las horas, mejor lo lograba, ya para el final del segundo día tenía menos hambre que el primero. No veía a Irina, sólo escuchaba un par de toquidos en mi puerta antes de la hora de los baños de purificación y suponía, por el eco de sus pasos, que era ella.

Cada ocasión mi imagen en el lago era más profunda, consciente y al mismo tiempo menos intensa, el fluir de mis visiones era real y sutil. Durante el último evento, el de la noche de luna llena, me sentí siendo agua y visualicé mi cuerpo explorado desde dentro, hallé impurezas no vistas en los baños de purificación previos y tras disolver el último de ellos, un gran soplo de aire entró por mi nariz y desperté, flotaba en el lago, la luna llena resplandecía fuertemente blanca, grande, radiante; caminé hacia la orilla, ahí, junto a una gran piedra estaban colocadas, una toalla, una túnica blanca y una cinta.

Me sequé el exceso de agua, me vestí con la túnica blanca y me puse la cinta blanca en la frente. Me percaté que una senda por la parte densa del bosque se hallaba señalada con antorchas un poco distantes entre sí; las seguí por varios minutos, siempre parecía haber una antorcha más allá, llegué a un claro en medio de altos árboles, ya no se veía ninguna antorcha más, la luz de luna había sido oculta por una gran nube, tras largos segundos transcurrió la nube al fin, develando el paraje frente a mí y develando frente a mí algo más: una mujer poco más joven que yo, con túnica blanca y cabello sostenido por una cinta, figura bonita, delgada, rostro blanco, cejas pobladas arqueando sus hermosos ojos cafés o verdes, no los alcanzaba a ver claramente a través del velo de la luz de aquella luna argenta.

—"Vengo de parte de Madame Liévaba Kresnik, mi nombre es Larissa, por favor siéntate frente a mí al otro lado de este gran tronco plano que nos fungirá como mesa por favor.

Tu cuerpo astral ha sido limpiado con el lago, ahora purificaremos tu atmósfera, crearemos un espacio seguro otra vez para ti. Estaré utilizando los cuatro elementos básicos y un quinto: tu espíritu."

Sobre el tronco del lado oeste había una bandeja de plata con agua, en dirección al norte una bandeja también de plata con algo que parecía sal, había también una vela blanca en forma de pequeño árbol enraizado que miraba al sur, y al lado este, sobre una delgada base de piedra plana había un palo de incienso en espiral y dos largos cerillos.

A pesar de que no había antorchas encendidas cerca podíamos ver suficientemente claro con la luz color Selene.

—"Estás sentado en el oeste viendo hacia el este. Cierra tus ojos y respira muy profundamente tres veces, lento; siente el cuerpo de la energía que ya sabes identificar, otra vez alrededor tuyo.

Abre tus ojos, toma el primer cerillo, fricciónalo contra la roca negra de tu derecha y enciende el incienso.

Bien, ahora tómalo por la base y camina con él alrededor de la mesa por tu lado izquierdo, formando un círculo de humo. Mientras lo haces repite en voz baja: "Yo purifico este espacio con aire."

Bien, regresa a sentarte a tu posición y coloca el incienso nuevamente en el lado este del tronco.

Enciende la vela blanca con el segundo cerillo, tómala por las raíces, y en la misma dirección que el incienso, camina alrededor de éste tu círculo sagrado repitiendo en voz baja: "Yo purifico este espacio con fuego."

Al hacer este recorrido, me distraje un poco al sentir la breve sombra de una nube que pasó al colocarme nuevamente en mi puesto, colocando la vela en el punto sur.

—"No tengas miedo, estamos en el sendero correcto", me dijo Larissa y continuó: "toma la bandeja con agua, repite el ejercicio circulándola por nuestro perímetro mientras caminas por el lado izquierdo, al hacerlo, marca nuestro círculo salpicando con tus dedos gotas de esta agua sobre el suelo. Mientras lo haces declara en voz baja: "Yo purifico este espacio con Agua."

Bien, regresa a tu posición y deja la bandeja con agua sobre el lado oeste de la mesa. Ahora, toma la bandeja con sal y camina igual por el perímetro, mientras lo haces arroja pequeñas porciones de sal alrededor del círculo y manifiesta en voz baja: "Yo purifico este espacio con Tierra." Una vez más regresa a tu posición y coloca la bandeja con sal en el lado norte de nuestra mesa.

Cierra tus ojos, respira profundamente tres veces más, sin abrir tus ojos voltea tu rostro hacia la luna, observa:

Observa en tu frente interior que hay una bola de luz radiante directamente arriba de ti. Concéntrate, respira suavemente, trata de verla tan claramente como puedas.

Imagina que cada inhalación que realices a partir de este punto la bola de luz radiante se irá acercando a ti. Pronto entrará a través de tu parte coronaria y bajará dentro de ti hasta el centro de tu pecho. Obsérvala ahí, siéntela dentro, la bola de brillante luz es una fuente de energía renovadora que pulsa desde tu adentro.

Percíbela, es real, si ya la sientes como tal, empieza a imaginar que comienza a expandirse con cada una de tus exhalaciones."

En un minuto yo ya la percibía como una esfera tan grande como para cubrirme y la mesa donde nos encontrábamos.

—"Continúa expandiendo la esfera de tu espíritu, hasta abarcar todo nuestro perímetro, incluye nuestros símbolos de Aire, Fuego, Agua y Tierra. Estás rodeado por una esfera creada en los cinco más antiguos y mágicos elementos. ¿Conoces la cruz celta?

—"Sí."

—"Ese será tu símbolo de protección, imagina el símbolo en tu mente, del tamaño de tu mano, grábalo, visualízalo flotando dentro de tu pecho donde estaba originalmente la bola de luz. Imagina la cruz celta brillar en un suave tono dorado.

Cuando puedas ver perfectamente la cruz celta dentro de tu pecho es tiempo de abrir los ojos. Ahora, con ojos abiertos visualízala flotando al este del círculo, ¿la ves?"

—"Sí, la veo aproximadamente de medio metro de altura brillando en una luz azul."

—"Bien, visualízala ahora hacia el Oeste y enseguida hacia el Norte del círculo."

—"Oeste y Norte, listos."

—"Sella tu campo visualizando el símbolo plano al ras del piso de la esfera. Posteriormente mira hacia arriba y visualiza la cruz celta sobre un plano como el techo de la esfera."

—"Piso, techo."

—"Finalmente, concéntrate en el círculo y los símbolos a tu alrededor y declara en voz baja: "Estoy habitando un espacio sagrado, sólo la luz puede ingresar mi área purificada.""

—"Estoy habitando un espacio sagrado, sólo la luz puede ingresar mi área purificada."

Pasamos algunos minutos en silencio.

—"Miguel Ángel, tu atmósfera ha quedado purificada, se han diluido los vínculos con los cuales te rastrearían, pero cuida tus pasos, nuevamente eres responsable de ti, no trates de explicar sin conocer lo suficiente, no violentes la realidad.

Una cosa más, te recomiendo que no permanezcas mucho tiempo en el mismo lugar, al menos por los próximos mil días, y por favor, obviamente no vayas a Viena en ese tiempo, sería mortal; de cualquier manera hace semanas que el nido de Edelhofgasse dejó de ser. Recuerda que algún día tendrás que regresarnos un favor, ten, porta esto en tu cuello."

Larissa colocó en mi palma una cruz celta de plata, la tomé y besé su mano.

−"Graim Thú", me dijo, "ve a descansar", sonreí.

Ya yéndome sin voltear a verla le pregunté:

−"¿Nos volveremos a ver?"

−"Si tenemos suerte sí, volveremos a vernos"

−"¿Si tenemos suerte sí?, ¿dónde escuché eso antes?", pensé.

Volteé para mirarla una vez más, sólo alcancé a observarla alejarse, mientras dos niñas que nunca vi, también en túnica blanca, cargaban las bandejas dejando quemar sobre el tronco los residuos de la vela y del incienso, y se internaron entre los árboles tras de la hermosa Larissa.

Volví a mi cuarto, habían devuelto el espejo y los otros objetos, también sobre la mesa, junto a la ventana, una jarra con jugo de manzana y un pan de avena, mismos que obviamente devoré.

Me dispuse a dormir, me perdí, ese descanso evidenció que tenía años enteros sin saber lo que era la paz.

Un par de semanas más continuó mi vida en el refugio para adaptarme, hasta quedar física y mentalmente reestablecido. Cada noche revisaba mis heridas y me di cuenta que mis cicatrices habían sanado casi por completo.

A la mañana siguiente desperté porque Irina venía cantando en el pasillo, tocó mi puerta y entró.

−"¿Conoce las reglas?

−"Sí, Irina."

−"Gut, entonces consumatum est, por favor vístase para salir y vaya a desayunar."

Tal cual hice, el desayuno sabía especialmente delicioso, pero algo en el jugo me hizo bostezar. Desperté en un hotel, era nuevamente de mañana, recargada en el espejo había una nota para mí:

"Miguel Ángel:

Algún día te tocará realizar lo que esta temporada hemos realizado por ti. Estás en un hotel en Praga, en el cajón del buró encontrarás la dirección de la Embajada de tu país, dinero suficiente y boletos de tren.

Gracias por permitirme servirte, Irina."

En la embajada solicité documentos de reposición declarando que me habían robado; me tardaron una semana, finalmente salí del hotel, me dirigí a la estación, la ruta de los trenes que me conectarían a Amberes salían poco antes de la medianoche... ¡Bélgica! ¡mi departamentito!, me había olvidado completamente de casi todo lo otrora habitual, ya tendría tiempo de que me fuera recuperando el mundo.

Llegó el tren, al acercarme miles de imágenes retrospectivas fotografiaron la parte interna de mi frente, iba silencioso, me senté en un lugar junto al pasillo, no quería estar junto a la ventana; avanzamos a la estación de un pueblo cercano a Praga, Beroun, de ahí tomaríamos para Plzeñ y de ahí enrutarnos por el paso fronterizo de Cheb hacia Alemania.

Mientras el tren estaba parado en la bohemia de Beroun, vi niebla pesada, casi estática afuera del tren, en la altura del cielo sólo se distinguía una amarillenta luna menguante y sentí necesidad de no olvidarme de todos los sucesos de mi reciente pasado. Tomé una libretita azul que había comprado antes de abordar y en medio de esa espesura de nieblas, a las 00:20 de la ya límbica madrugada del 27 mayo, en los últimos días del 2° milenio comencé a escribir lo que hoy tú estás leyendo.

ÍNDICE

www.ingramcontent.com/pod-product-compliance
Lightning Source LLC
Chambersburg PA
CBHW051922240626
47153CB00004B/1321